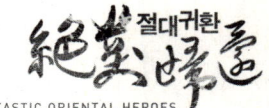

절대귀환 5

이루성 新무협 판타지 소설

초판 1쇄 찍은 날 § 2013년 7월 4일
초판 1쇄 펴낸 날 § 2013년 7월 10일

지은이 § 이루성
펴낸이 § 서경석

편집부장 § 권태완
편집 § 박가연
디자인 § 이혜정

펴낸곳 § 도서출판 청어람
등록번호 § 제1081-1-89호
등록일자 § 1999. 5. 31
어람번호 § 제2-2359호

주소 § 경기도 부천시 원미구 심곡2동 163-2 서경B/D 3F (우) 420-822
전화 § 032-656-4452 팩스 § 032-656-4453
http://www.chungeoram.com
E-mail § chungeorambook@daum.net

ⓒ 이루성, 2013

ISBN 978-89-251-3361-4 04810
ISBN 978-89-251-3233-4 (세트)

※ 파본은 구입하신 서점에서 교환하여 드립니다.
※ 저자와 협의하여 인지를 붙이지 않습니다.
※ 이 책은 도서출판 청어람과 저작자의 계약에 의해 출판된 것이므로,
　무단 전재 및 유포·공유를 금합니다.

FANTASTIC ORIENTAL HEROES

절대귀환
絶峰歸還

5

이루성 新무협 판타지 소설

제1장	폭풍전야	7
제2장	출진	47
제3장	남궁설린과 유세영	61
제4장	본거지를 찾아	81
제5장	어긋남	111
제6장	지하 감옥	141
제7장	용서	159
제8장	극한의 상황	173
제9장	재회	193
제10장	십 층	205
제11장	죽은 자의 습격	221
제12장	대면	247
제13장	싸움의 끝	273

第一章
폭풍전야

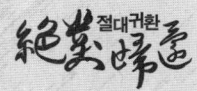

 한동안 조용하기만 하던 마교가 소란스러워졌다. 그 소란의 중심에는 무림맹이 있었다.
 갑작스런 무림맹의 공격에, 마교의 50년간의 침묵이 깨지고 말았다.
 "지금 동원할 수 있는 무기의 수, 군사의 수, 식량의 수량을 확인하여 내게 보고하라!"
 "존명!"
 "그리고 지금부터 당장 출진할 수 있도록 십마두를 소집하라!"

"존명!"

연대후의 말에 마인들은 바쁘게 움직이기 시작했다. 연대후의 얼굴은 심각했다.

병상에서 일어나자마자 전투 지휘를 하게 될 줄은 그 자신도 몰랐기 때문이다.

아직 몸이 온전하게 다 낫지는 않았지만, 연대후는 그 어느 때보다 바쁘게 움직이고 있었다.

그런 연대후의 곁으로 백태진이 조심스럽게 다가갔다.

연대후는 백태진이 자신의 곁으로 다가온 것을 눈치챘지만, 애써 모르는 척하였다.

연대후는 백태진이 자신에게 무슨 말을 할지 짐작하고 있었기 때문이다.

"교주님. 정말로 출진하실 생각이십니까?"

"그렇다."

"교주님도 잘 아시지 않습니까? 정파와 마교 간의 전쟁을 꾀하는 제삼의 세력, 파림의 존재를. 지금 교주님이 출진하셔서 무림맹과 싸운다한들, 그건 전부 파림의 손바닥 위에서 놀아나는 것입니다."

"설령 그렇다하더라도, 나는 출진 명령을 할 수밖에 없네. 그 어떤 이유가 있든 간에 먼저 공격을 해온 것은 무림맹이다. 그런데 내가 아무런 대응을 하지 않고 가만히 있는 것은 교주로서 용납할 수 없는 일이다. 자네도 잘 알고 있지 않는가. 나는 출진 명령을 내릴 수밖에 없네."

"……"

물론 백태진도 연대후를 완전히 이해하지 못하는 것은 아니었다.

연대후에게 있어서 출진 명령은 당연한 것이고 필요한 것이다. 교주로서 권위를 지키기 위해서라도.

"…교주님은 저를 도와주신다고 하셨습니다. 그 약조는 잊으신 겁니까?"

"도와준다고 말했지. 하지만 그건 어디까지나 파림을 찾는 일에 도와준다는 것이었다. 지금 그 약조를 이 상황에서 꺼내드는 것은 아무런 도움이 되지 않는다네."

"하지만 전쟁을 하지 않는 것 또한 파림을 찾는 일에 해당할 것입니다. 이대로 가면 결국 파림은 뒤에서 웃고만 있을 뿐. 양측이 지칠 때까지 모습을 드러내지 않을 겁니다. 그리고 마교, 정파, 두 세력이 완전히 지치면 서서히 모습을 드러내겠죠. 그때가 되어서는 너무 늦어버립니다."

"……"

백태진의 호소에 연대후는 잠시 침묵하더니, 결국에는 고개를 저었다.

"그래도 어쩔 수 없는 일이네. 출진 명령을 거둘 수는 없어."

"이렇게 부탁드려도 안 되는 것입니까?"

"…알겠네. 자네가 우리 마교에 해준 일을 잊어서도 안 되겠지. 출진 명령을 거둘 순 없네. 하지만 먼저 무림맹에 공격을 가하지는 않겠네."

"그 말은……?"

백태진은 연대후의 말에 조금 희망이 보이는 듯했다.

"병력을 무림맹의 병력과 대치시키겠네. 만약 무림맹이 공격을 해온다면 우리도 전력을 다해서 무림맹을 무찌를 것이네."

"그것만으로 충분합니다."

백태진은 연대후가 그 정도까지 해준다는 것에 감사할 따름이었다.

"무운을 비네. 나도 전쟁 따위는 하고 싶지 않으니……."

연대후는 그렇게 말하고서 백태진에게서 멀어져 갔다. 마지막에 연대후의 말, 전쟁을 하고 싶지 않다는 말이 백태진의 가슴속에 아련하게 남아 있었다.

'그래……. 전쟁을 막고 싶은 마음은 그 누구도 같을 것이야.'

백태진은 전쟁을 막기에 아직 늦지 않았다는 희망이 더

욱더 커지는 듯했다.

그때, 멀찍이서 연대후와 백태진의 대화를 엿듣던 연나련이 백태진에게 조심스럽게 다가왔다.

"어떻게 될 것 같나요, 백 공자님."

"출진은 막을 수 없을 것 같습니다."

"제가 아버님께 부탁드려볼까요? 제 말이라면 들어주실 수도 있잖아요."

"아닙니다. 아무리 연 소저라고 하더라도 출진 명령을 거두는 것은 불가능할 것입니다."

백태진의 말에 연나련의 얼굴이 어두워졌다.

"그렇다면 이 전쟁은 더 이상 막을 수 없는 건가요?"

"아직 희망이 있습니다. 출진 명령은 거둘 수 없다고 했지만 선제공격을 한다고 말하시지는 않았습니다. 제가 무림맹에 가서 마교를 공격한 이유를 듣고서 더 이상 마교를 공격하지 못하도록 막겠습니다."

"저도 함께 가겠어요."

연나련의 말에 백태진은 고개를 저었다.

"그건 안 됩니다. 만약 무림맹 측에서 연 소저가 마교의 소교주라는 사실을 알게 된다면 무슨 짓을 할지 모릅니다. 만약 연 소저의 신변에 이상이 생긴다면, 교주님은 망설임 없이 무림맹을 공격할 것입니다."

"그래도… 그 정도 위험쯤은 감수할 수 있어요. 공자님도 저를 위해서 위험을 무릅써 주셨잖아요?"

"그거랑 이것은 다릅니다. 저는 제 목숨만 위험에 빠뜨렸지만, 연 소저의 목숨은… 연 소저뿐만이 아니라 정마대전의 방아쇠가 될 수도 있다는 것을 명심해 주십시오."

"……."

백태진이 그렇게까지 말하자, 연나련은 더 이상 고집을 피울 수는 없었다.

백태진의 말대로 자신의 목숨을 자신이 책임질 수만 있다면 어떻게든 따라가 볼 수 있을 것이다.

하지만 자신 때문에 정마대전이 일어난다는 결과는 상상도 하기 싫었다.

"…알겠어요. 저는 이곳에 남겠어요. 하지만 제가 뭔가 도와드릴 것은 없을까요?"

연나련은 어떻게 해서든 백태진에게 힘이 되어주고 싶었다.

백태진도 그런 연나련의 기분을 느꼈는지, 거절하지 않고서 말했다.

"말 한 필을 준비해 주십시오. 그것만으로 충분합니다."

"…알겠습니다."

연나련에게 있어서 백태진의 부탁은 너무나도 쉬운 것이어서 다른 것도 해주고 싶었다. 하지만 백태진의 얼굴에서 느껴지는 비장감을 보고서 더 이상 입을 열 수는 없었다.

*   *   *

그 시각, 무림맹 진영은 공격을 가한 마교 지부에 진영을 틀고서 대기하고 있었다.

그리고 그 진영 안의 한 거대한 막사. 그 안에는 지금 오대세가의 가주들이 향후의 일에 대해 논의하기 위해 모여 있었다.

남궁진만이 자리에 서 있었고 다른 가주들은 두 명씩 마주보고 앉아 있었다.

가주들 사이에서는 무거운 침묵만이 감돌고 있었다.

"일단 일은 저지르고 봤는데, 이제 앞으로 어떻게 할 생각이지?"

무거운 침묵을 깨뜨리는 말의 시작은 당영이었다. 가벼워보였지만, 이 회의의 가장 근본적인 목적을 정확히 찌르는 말이었다.

"우리 무림맹은 이곳에 진을 치고서 마교가 올 때까지 기다릴 겁니다."

"공격보다는 수비란 뜻인가? 하지만 그렇게 버텨서는 이 전쟁에서 이길 수 없어. 인정하기는 싫지만 마교의 전력은 지금 무림맹의 전력보다 더 클 것이다. 조금은 버티겠지만 결국은 무너지게 되어 있어."

당영의 반론에 남궁진이 자신있게 대답했다.

"걱정하지 마십시오. 구파일방의 원군이 이곳으로 올 것입니다. 그때까지만 버틴다면 반드시 전력은 역전될 것입니다."

"구파일방이라… 그런 녀석들에게 의존하는 것이 마음에 들지 않는군."

당영의 말투에는 구파일방에 대한 적의가 가득했다.

이번 전쟁에서도 현재 모인 전력은 오대세가의 무사들로 이루어져 있었다.

긴급하게 소집한 병력에 응한 것은 오대세가뿐. 구파일방은 갖은 이유를 대가며 소집에 거부했다. 하지만 후에 합류하겠다는 약조만을 한 것이다.

'속이 뻔히 들여다보이는군. 자신들의 피해를 최소화하기 위해서 나중에 합류하겠다는 거잖아. 우리가 힘 다 빼놓은 상대를 간단히 처리하겠다는 심보를 누가 모를 줄 아는가.'

물론 그런 이유가 아닐 수도 있지만, 적어도 당영은 구파일방이 제때에 소집에 응하지 않은 이유가 저런 것일 거라고 확신하고 있었다.

"구파일방이 반드시 원군을 보낸다는 확증은 있는가?"

"그건 문제없을 것이오."

구파일방에 대한 의혹이 가득한 당영의 말에 대답한 사람은 제갈령이었다.

"여기에서 우리가 무너진다면 다음 차례에 당할 사람은 자신들이라는 것을 구파일방도 잘 알고 있을 것이오. 그들도 우리와 힘을 합쳐 전력이 가장 클 때 적을 무찌르고 싶겠죠. 늦든 빠르든, 그들은 반드시 올 것입니다."

"부디 내가 교주의 목을 베기 전까지는 왔으면 좋겠군."

당영은 여전히 심드렁한 모습이었다.

"하지만 나는 아직도 백 공자의 말을 무시하고 마교를 공격한 것이 걱정되오. 이번 공격은 너무 섣부른 것이 아니었는가, 아직도 그런 생각이 듭니다."

제갈령은 이번 출진에 반대하는 입장이었다. 그런 그가 결국에 출진에 동의할 수밖에 없었던 이유는 구파일방이 원군을 보내는 이유와 같았다.

결국 전쟁을 치르게 될 것이라면, 무림맹이 최대의 전력일 때 싸우자는 것이다.

제갈령은 남궁진이 어떻게든 전쟁을 치를 것이라고 확신했다.

그리고 만약 자신이 출진을 거부한다면 분산된 전력으로 마교와 싸우게 되는 것이다.

그럼 무림맹이 패배할 확률이 높아질 것이고 무림맹의 패배 이후에 목표가 되는 것은 제갈세가가 될 것이 분명했다.

전력을 분산하느니, 차라리 힘을 합쳐서 마교와 싸우는 것을 선택한 것이다.

'차라리 이번 기회에 오랜 숙적인 마교를 없애 버리는 것도 좋을지 모르겠군.'

정파라면 누구나 바라왔던 것이다. 하지만 그렇게 하지 못한 이유는 그 대가가 너무 크기 때문이다.

이번 전쟁 이후, 제갈세가의 전력이 얼마나 줄어들지는 제갈령도 예측할 수 없었다.

하지만 한 가지 확신할 수 있는 것은 반드시 전력이 크게 줄어들 것이란 것이다.

모든 가주의 생각이 똑같겠지만, 이번 전쟁의 목적은 두 가지였다.

첫째는 마교를 무찌르는 것.

그리고 두 번째는 자신의 가문의 전력을 최대한으로 보존하는 것.

 적을 무찌르고 재기할 수 없을 정도로 피해를 입는다면 그야말로 본말전도일 것이다.

 "물론 그의 말을 무시한 것은 잘못된 일이지만 그건 어쩔 수 없는 일이었습니다. 신강에서 정파 무사가 대거 학살당했다는 소식을 듣고서 어떻게 가만히 있을 수 있겠습니까."

 "……."

 이번 출진의 방아쇠가 된 것은 한 소식 때문이었다. 소식의 출처는 알 수 없었으나, 신강에서 정파인이 마교에 의해 대거 학살당했다는 소식이었다.

 그 소문의 진상을 파헤치기 위해서 무림맹에서 정확한 조사를 한 결과, 어느 정도 소문이 사실이라는 것이 밝혀졌다.

 그 소문이 사실이라는 것이 밝혀지자, 예전부터 마교와의 전쟁을 벼르고 있던 남궁진이 들고 일어난 것이었다.

 "여기까지 온 이상, 더 이상 물러날 길은 없습니다. 우리 무림맹에게 남은 선택지는 마교를 이 지도상에서 싹 지워버리는 것입니다."

 남궁진의 말에 가주들은 아무 대답도 하지 않았다. 모두들 그 말에 동의한다는 뜻이다.

 이번 전쟁을 반대했던 제갈령도 이미 일을 저지른 이상, 남은 선택지는 마교와 싸워서 이기는 것밖에 없다는 의견에는 동의하고 있었다.

 "부디 구체적인 작전을 듣고 싶소. 구파일방의 원군만 온다고 해서 무조건 승리할 수 있는 것은 아니지 않습니까?"

 "잘 물었습니다, 황보일 대협. 물론 구체적인 작전은 있습니다. 그리고 그 작전대로만 이행한다면 우리 무림맹은 반드시 승리할 수 있습니다."

 황보일의 말에 남궁진은 자신 있게 가주들을 향해 작전을 얘기했다.

 작전을 들은 가주들의 표정은 미묘하게 변해갔다.

 "…그 작전은 물론 효과는 있겠지만, 실행에 옮길 수는 있는 작전이오?"

 "저는 충분히 가능하다고 생각합니다. 제갈령 대협은 어떻게 생각하시죠?"

 "……."

 남궁진의 말에 제갈령은 잠시 침묵하며 생각에 잠겼다가 입을 열었다.

 "실행 가능하다고 여겨지오. 성공시키기는 힘들겠지만,

만약에 성공한다면 이 전쟁에서 승리할 확률이 크게 높아질 것이오. 나는 이 작전은 괜찮다고 생각하오."

제갈령이 저렇게 대답했다는 것은 남궁진의 작전이 검증되었다는 것을 의미했다.

제갈령 이상으로 작전을 검증할 수 있는 사람은 없었기 때문이다.

"그럼 앞으로 이 작전대로 행동하도록 하겠습니다. 그럼 다시 한 번 정리하겠습니다. 우리 무림맹은 마교가 공격해 올 때까지 이곳에서 진영을 치고서 대기. 구파일방의 원군을 기다린다. 그리고 원군이 오면 작전을 시행한다……. 이 작전에 반대하시는 분은 있습니까?"

"이의 없소."

남궁진의 말에 네 사람이 동시에 대답했다.

"앞으로의 방침이 정해졌으니 남은 것은 싸우는 것 뿐입니다. 이번 전쟁에서 패배하면 저희들에게 남는 것은 아무것도 없습니다. 부디 모두들 진지하게 싸움에 임해주시기를……."

남궁진의 말에 가주들은 진정으로 전쟁이 시작되었다는 것을 실감하는 듯했다.

* * *

무림맹이 점령한 마교 지부, 이곳의 광경은 참혹했다. 조금이라도 싸울 수 있는 남성들은 마인이라는 이유 하나만으로 모두 죽임을 당했고, 싸울 수 없는 여자들과 노인, 아이들은 모두 감옥에 넣고 있었다.

여자들과 노인, 아이들을 감옥으로 넣는 일의 총책임을 맡은 남궁백은 이와 같은 광경을 착잡하게 쳐다보고 있었다.

자신의 곁을 지나가는 생기 없는 사람들의 얼굴을 보는 것이 좋은 일은 아니었다.

"일은 순조롭게 진행되고 있나?"

"당 형……."

자신에게 다가온 당성기를 바라보는 남궁백의 눈빛에는 여전히 착잡함이 남아 있었다.

"그 눈을 보아하니 나까지 착잡해지는군."

"이렇게까지 할 필요가 있을까요……. 남자들은 전부 죽이고, 여자들은 감옥에 가두는… 이러면 남궁세가를 습격한 마인들과 다를 것이 아무것도 없잖아요."

"이런 것이 전쟁이다. 이미 마교를 향해 전쟁을 선포한 이상, 이 정도는 아무것도 아니야. 앞으로는 더욱더 심한 광경이 펼쳐질 수도 있다."

"…정말로 전쟁이 시작되는 것일까요."

남궁백의 눈앞에 백태진의 얼굴이 떠올랐다.

전쟁을 막기 위해 마교로 향한다는 백태진의 소식을 들었다.

남궁백은 백태진이 필사적으로 막으려는 전쟁이 결국에는 일어날 것이라는 것이 그저 슬프게 느껴졌다.

"백 형은… 필사적으로 이 전쟁을 막으려고 했어요. 하지만 결국에는 일어날 수밖에 없는 것이었을까요. 백 형의 노력은 아무 쓸모도 없던 것일까요."

"…쓸모없는 것이 아니야. 나도 전쟁 따위는 하고 싶지 않다. 나는 그런 전쟁을 막으려고 노력한 내 친구가 자랑스럽다."

"…만약 백 형이 전쟁이 일어난다는 사실을 알게 된다면 어떤 표정을 지을까요."

"……."

남궁백의 마지막 말에 당성기는 대답하지 않았다. 당성기 또한 백태진이 얼마나 전쟁을 막기 위해서 노력했는지 알고 있었고 그 노력이 좌절되었을 때의 백태진이 얼마나 슬퍼할지도 알고 있었다.

아무리 대단하다고만 느꼈던 백태진이지만, 이번만큼은 어쩔 수 없을 것이다.

폭풍전야 23

"지금이라도 전쟁을 막을 수는 없을까요?"

남궁백의 말에 당성기는 딱 잘라 대답했다.

"무리다. 그 대단한 태진이조차 전쟁을 막을 수는 없었다. 그런데 우리가 과연 전쟁을 막을 수 있을까?"

"…그런 사실은 알고 있어요. 그냥 분해서 말해보았던 거예요. 전쟁이라는 파도에 허우적거릴 수밖에 없는 사실이 너무 분해서……. 어째서 이렇게 되어버린 걸까요. 백 형이 사라지고 누님도 사라져 버리고, 전쟁까지……."

"…어쨌든 지금부터는 각오를 다져야 할 것이다. 적에게는 조금의 자비도 주지 마라. 그 사소한 자비가 너를 죽음으로 몰아갈 수 있다. 그 점을 명심해라."

"……."

아직 어린 남궁백이 현 상황에서 제정신을 유지할 수 없다는 것은 당성기도 충분히 이해할 수 있었다.

하지만 무자비해져야 살아남을 수 있다는 것이 전쟁이라는 것을 알고 있었기 때문에, 당성기는 진심으로 남궁백에게 충고하고 있었다.

자신도 전쟁을 체험해 본 적은 없었지만, 지금은 나이가 더 많은 자신이 남궁백에게 조언을 해줘야 한다고만 생각하고 있었다.

그때였다. 한 무사가 남궁백과 당성기가 있는 곳으로 달려와 부복했다.

"무슨 일이지?"

급하게 다가온 무사에게 당성기가 물었다.

"보고 드립니다! 방금 전, 마교 쪽에서 이쪽으로 누군가가 말을 타고 다가오고 있다는 전령을 받았습니다."

"숫자는?"

"한 명입니다.

"한 명……. 좋다, 너는 여기에 남아라. 내가 무슨 일인지 보고 올 테니."

당성기가 남궁백에게 그렇게 말하자 남궁백은 당성기의 말을 거부했다.

"저도 함께 가겠습니다."

"너의 일은 이곳에서 포로들을 감시하는 역할이다. 내가 갈 테니 너는 이곳에서 하던 일을 마저 해."

"…알겠습니다."

당성기가 따끔하게 말하자, 남궁백은 곧바로 그 말에 순응했다.

남궁백이 따라가지 않는다고 말하자, 당성기는 무사 쪽을 보며 말했다.

"안내해."

당성기가 무사 쪽을 보며 말하자, 그가 급하게 자리에서 일어나 어디론가 향했다. 당성기는 그 무사의 뒤를 따라갔다.

"……."

당성기가 멀어지자 남궁백의 눈빛은 다시 절망적인 모습의 포로들을 향했다.

그들을 지켜보는 당성기의 눈빛에도 어두운 절망감이 내리깔린 듯했다.

* * *

당성기는 무사의 안내를 받아, 무림맹이 성벽을 올리고 있는 곳에 도착했다.

그곳은 한창 적의 침입을 막기 위한 성벽을 쌓아올리고 있었다.

"당 소협, 오셨소?"

당성기가 도착하자 성벽 건설의 책임을 맡고 있는 제갈택이 당성기를 반겼다.

"무슨 일이 일어난 거지? 적의 침입인가?"

"아직 모릅니다. 그저 멀리서 말을 타고 이쪽으로 다가오는 인물이 발견되었을 뿐이오."

"가주님들께는 알렸나?"

"방금 전령을 보냈소. 곧 가주분 중 한 분이 이곳으로 오실 겁니다."

"……."

당성기는 성벽 위로 올라가 먼 평원을 응시했다. 확실히 보고받은 대로 멀리서 누군가가 이쪽을 향해 다가오는 형상이 보였다.

하지만 먼 거리라 당성기도 그 인물이 누구인지 정확히 판단할 수 없었다.

"병사들은 활을 준비해라!"

당성기가 성벽을 쌓는 병사들을 향해 소리치자, 벽돌을 옮기던 병사들은 손에 들고 있는 벽돌을 놓고서 성벽 위로 올라와 활시위를 당겼다.

"잠깐! 당 소협, 무작정 쏠 생각이오? 적의 전령일 수도 있지 않습니까."

"아직 정체를 확실히 판단하지 못하니 대기만 하고 있을 뿐이다."

"……."

당성기의 말에 제갈택은 안심한 듯했다.

"내가 명령을 내리기 전까지는 절대로 활을 쏘지 마라!"

당성기의 말을 들은 병사들은 이쪽으로 다가오는 형상을

향해 시위를 당기고서 그 자세를 유지했다.

시위를 당기고 있는 병사들은 계속해서 긴장을 유지한 채, 이쪽으로 다가오는 형상을 지켜보고 있었다.

형상은 점차 가까워지고 있었다. 멀리서도 얼굴을 알아볼 수 있을 정도로 형상이 다가오자, 제갈택이 놀란 눈으로 말했다.

"당 소협! 저 사람은……!"

"…모두 활을 거두어라! 저자는 적이 아니다!"

당성기의 말에 모두들 활을 내렸다.

당성기는 갑자기 성벽에서 뛰어내리더니, 이쪽을 향해 다가오는 형상을 계속해서 응시했다.

이윽고 당성기의 앞에 말이 울부짖으며 멈춰 섰다. 말에 탄 인물이 내려서 당성기 앞에 섰다.

내려선 인물을 본 당성기는 조금 격앙된 어조로 말을 했다.

"태진… 역시 살아 있었구나……!"

"성기, 오랜만이야."

말에서 내린 인물은 백태진이었다. 백태진이 무사한 모습으로 자신의 눈앞에 서 있자, 당성기는 기쁨에 살짝 눈물이 나올 것 같았다.

마교로 떠난다는 소식을 듣고서 얼마나 백태진의 안위를

걱정했던가.

　아무리 강한 백태진이더라도 마교에서 죽을 수도 있다고 생각하고 있었다.

　그랬던 사람이 무사한 모습으로 서 있었다. 안도와 동시에 지금까지 묻고 싶었던 말들이 머릿속에 가득 떠올랐다.

　하지만 당성기는 그중에서도 가장 먼저 하고 싶었던 말부터 꺼냈다.

　"보고 싶었다. 태진."

　"나도 마찬가지야."

　백태진이 당성기와 얘기하고 있자, 성벽에서 이를 지켜보던 제갈택이 성벽에서 내려왔다.

　"백 소협! 무사한 모습을 보니, 다행입니다."

　"제갈 소협도 건강해 보여서 다행입니다."

　"백 소협은 지금까지 마교에 있었던 것입니까?"

　"그렇습니다."

　백태진의 말에 제갈택은 놀란 얼굴로 질문을 계속했다.

　"그곳에서 어떻게 빠져나오셨습니까?"

　"정확히는 얘기할 수 없지만 어찌어찌 마교의 교주와 친분이 생겼습니다."

　"교주와……."

마교의 교주.

아무리 정파인이라지만 마교의 교주가 얼마나 대단한 사람인지는 어린아이도 알고 있었다.

무림맹주와 비견해도 모자람이 없는 실력자임과 동시에 수많은 교도의 정상에 군림하고 있는 제왕, 그것이 바로 마교의 교주였다.

백태진이 그런 인물과 친분이 있다고 말하자 제갈택은 점점 백태진이라는 자의 끝을 알 수 없다고 생각했다.

"태진, 지금 전쟁이 일어난 것은 알고 있나?"

"…알고 있어. 하지만 정확히 말하면 전쟁이 일어나기 직전이지."

백태진의 말에 제갈택이 다시 놀란 목소리로 말했다.

"그 말은 전쟁을 막을 방법이 있다는 것이오?"

"제가 이곳에 온 이유도 전쟁을 막기 위함입니다. 아직 확신은 할 수 없지만, 막을 수도 있을 겁니다."

"허……."

백태진이 전쟁을 막을 수도 있다고 대답하자, 제갈택은 할 말을 잃었다.

"태진, 그 방법이 도대체 뭐지?"

"우선 가주님을 만나봐야겠어. 이야기는 그 후야."

"…알겠다. 내가 직접 가주님께 안내하도록 하지."

백태진이 진지한 눈빛으로 말하자, 당성기 또한 백태진을 만나서 생긴 기쁨을 억누르고 진지한 모습이 되었다.

*   *   *

 백태진은 당성기를 따라 어느 막사 앞으로 이동하고 있었다.
 '백 형……?'
 백태진이 이동하고 있는 도중, 남궁백이 백태진을 발견했다.
 남궁백은 놀란 마음에 눈을 비볐지만 지나가는 사람은 분명히 백태진이었다.
 백태진은 남궁백을 발견하지 못한 듯, 무심히 지나가고 있었다.
 남궁백은 반가운 마음에 당장 백태진에게 달려가려고 했었지만 도중에 멈추었다.
 '백 형의 얼굴… 저렇게 화난 백 형의 얼굴은 처음이다.'
 백태진의 얼굴은 무표정했지만 남궁백은 알 수 있었다.
 어느 정도 백태진과 지내본 사람이라면 알 수 있을 것이다.

현재의 백태진이 얼마나 화가 났는지를.
 사람 중에서 어떤 사람은 정말로 화가 났을 때는 겉으로 드러나 보이지 않는다. 백태진도 그런 사람의 부류에 들어갔다.
 결국 남궁백은 백태진의 뒤를 조용히 따라갔다.
 이윽고 백태진은 당성기에게 이끌려 거대한 막사 앞에 섰다.
 '저곳은!'
 남궁백은 그 막사가 가주들의 회의가 열리는 곳이라는 사실을 알고 있었다.
 백태진이 돌아왔으면 가주를 만나는 것이 당연한 사실이다.
 하지만 남궁백은 어딘가 모르게 불안하다는 생각이 들었다.
 "이곳에 가주님들이 모여 있네."
 "그런가. 알았다, 성기. 너는 여기까지만 안내해 주면 돼. 이 안에는 나 혼자만 들어가도록 하지."
 "…알겠네."
 본인도 같이 들어가고 싶었지만, 당성기는 백태진에게서 느껴지는 무언의 압력에 결국 고개를 끄덕일 수밖에 없었다.

백태진은 당성기를 뒤로하고 막사의 입구를 손으로 걷으며 안으로 들어갔다.
 갑작스런 백태진의 등장에 한창 막사에서 회의를 하고 있던 가주들의 시선이 백태진을 향했다.
 그들의 얼굴에는 놀라움과 동시에 근심이 어려 있었다.
 "자네……!"
 백태진의 등장에 그 누구보다도 놀란 사람은 남궁진이었다.
 이 전쟁을 주도한 인물이 그였으니, 어찌 보면 당연한 일이었다.
 그리고 백태진과 직접적으로 전쟁을 일으키지 않겠다고 약속한 사람도 그였다.
 "돌아오는 것이 조금 늦었군요."
 "아니… 무사해 보이는군. 그래, 사정은 들었겠지?"
 "……."
 "전쟁은 피할 수 없었다."
 남궁진의 말에 백태진에게서 기세가 내뿜어졌다.
 백태진의 기세에 가주들은 일제히 자신의 무기를 잡았다.
 '섬뜩하다……. 내가 백 공자를 화나게 만들어 버렸구나.'

폭풍전야 33

남궁진은 손잡이를 잡으며 식은땀을 흘리며 생각했다.

조금 안 본 사이에 백태진이 더욱더 강해졌음을 알 수 있었다.

'흐흐흐… 이 녀석, 더 강해졌군.'

반대로 백태진의 기세에 좋아하는 사람도 있었다. 바로 당영이었다.

백태진의 강함에 관심이 많았던 그에게 있어서는 자신의 호적수가 될지도 모르는 백태진의 성장은 반가운 것이었다.

제갈령과 황보일은 담담하게 백태진의 움직임을 경계하고 있었다.

모두 숨을 죽이고 상태를 지켜보고 있었지만, 단 한 사람만이 백태진을 향해 소리를 지르고 있었다.

"무례하다! 이곳이 어딘 줄 알고서 그와 같은 기세를 내뿜는 것이냐!"

바로 팽지웅이었다.

팽지웅은 자신을 벤 백태진을 향한 앙금이 아직 사라지지 않은 듯, 백태진의 이와 같은 행동을 기회라고 생각하고 있었다.

자신은 졌지만 다른 가주들이라면 백태진을 이길 수 있다고 생각한 것이다.

"당신이 상관할 바가 아닙니다."

"뭐라고! 지금 나를 무시……."

"가만히 계십시오, 팽지웅 대협."

남궁진이 도중에 제지하자, 팽지웅이 남궁진을 보면서 소리쳤다.

"지금 저 애송이가 나를 무시하는 발언을 듣지 못했소? 하북팽가의 가주인 나를 무시하는 것은 오대세가의 명예에 있어서……."

"조용하라고 말했소!"

"……."

남궁진의 고함에 팽지웅은 결국 입을 다물 수밖에 없었다.

하지만 입을 꾹 다문 그의 얼굴은 수치심과 분노로 붉어져 있었다.

남궁진은 팽지웅이 조용해지자 다시 백태진을 쳐다보며 말했다.

"자네가 무엇 때문에 분노하고 있는지는 알고 있네. 하지만 이번 출진은 어쩔 수 없었다는 것을 알아줬으면 좋겠네."

"대협께선 분명히 저와 약조했습니다. 제가 돌아올 때까지는 무슨 일이 있더라도 전쟁을 일으키지 않겠다고. 대협께선 그 약조가 깃털만큼 가벼웠던 것입니까?"

"아닐세! 여기에는 사정이 있네!"

"좋습니다. 그 사정이란 것을 한번 들어보도록 하죠."

백태진이 한층 누그러들자, 남궁진은 한숨 돌릴 수 있었다.

남궁진은 침착하게 입을 열기 시작했다.

"우리가 이번 출진을 하게 된 것은 신강에서 일어난 학살 때문이네."

"…학살?"

"어떤 소문이 들렸지. 신강에서 정파인들이 마교에게 대거 학살당했다고."

"……!"

남궁진의 말에 백태진은 곧바로 어떤 생각이 뇌리를 스쳐 지나갔다.

'파림……! 설마 이렇게까지 할 줄이야……!'

백태진은 그때의 그 사건이 단순히 정파가 마인들을 공격했다는 것을 마교에게 보여주기 위해서 일으켰던 것이라고 생각했었다.

하지만 그것뿐만이 아니었다. 파림은 이 사건을 정파에게도 이용한 것이다.

정파가 마인들에게 학살당했다고 소문을 퍼뜨린 것은 필

시 파림일 것이다.

"그건 오해입니다! 대협께서는 단순히 소문만으로 이와 같은 일을 저질러도 괜찮다는 것입니까?"

"물론 아니지. 단순히 소문으로 움직이지는 않아. 무림맹에서는 그 소문의 진상을 파악하기 위해서 사람을 보내어 조사를 했네. 그 결과 그 소문이 사실이라는 것을 알 수 있었지. 실제로 신강에서 붉은 피로 얼룩진 곳을 발견할 수도 있었지. 그 사실을 확인한 결과, 잠자코 있을 수는 없었네."

"…알겠습니다. 어떤 연유로 이곳을 공격했는지는 알겠습니다."

"이해해 주는 건가?"

남궁진의 말에 백태진은 고개를 저었다.

"하지만 대협께서는 잘못된 선택을 하셨습니다. 그 학살은 파림이라는 조직에 의해서 꾸며진 교묘한 함정이었고, 지금까지의 사건은 모두 파림이 저지른 일입니다."

"파림……?"

"그렇습니다. 지금까지 마교와 정파의 전쟁을 조장하던 조직의 정체입니다. 그러니까 이곳에서 마교와 정파가 싸우는 것은 파림의 손바닥 위에서 놀아나는 것입니다."

"…그럴 수가."

지금까지 적이라고 믿어왔던 마교가 적이 아니라는 사실에 남궁진의 눈빛에 절망감이 어렸다.

"지금이라도 늦지 않았습니다. 제가 마교에 가서 사정을 잘 얘기한다면……."

"그렇게 잘되지는 않을 걸세."

백태진의 말에 끼어든 인물은 제갈령이었다.

"모든 것이 오해로부터 비롯된 것입니다."

"파림이라는 조직이 이번 일들의 진범이라는 것은 확실한가? 남궁세가를 습격한 것도 그들인가?"

"그렇습니다. 확실한 정보입니다."

"…그것이 진실이라고 하더라도 이번 전쟁을 막을 수는 없을 것 같네."

"어째서입니까! 이번 전쟁의 흑막이 따로 있다는 것이 밝혀졌는데!"

백태진이 흥분하여 소리치자, 이번에는 당영이 백태진을 향해 말했다.

"우리들은 이미 많은 마인을 죽였다. 이곳에 살던 녀석들을. 그런데 마교가 아무 대가도 없이 우리들을 보내줄까?"

"전쟁이 일어나면 더 많은 사람이 죽습니다!"

"그래도 하는 것이 바로 전쟁이다. 사실 마교와 정파의 갈등은 옛날부터 이어져 왔지. 굳이 이번 사건이 계기가 아니더라도 전쟁은 언젠간 일어나게 되었을 거라는 말이다. 다르게 말한다면 정파와 마교가 싸우는 것은 어찌 보면 운명이라고 말할 수도 있겠군."

"운명이라니… 어떻게 싸우는 것이 운명이라고 말할 수 있습니까!"

이번에는 황보일이 백태진에게 말했다.

"그 말이 맞는 말일지도 모른다. 실제로 정파는 마교를, 마교는 정파를 언젠간 없애겠다고 생각하고 있겠지. 먼저 공격하지 않으면 죽임을 당한다. 정파와 마교는 그런 관계다. 이 지도상에서 공존할 수 없는 존재들이지. 언젠간 일어날 것이 이번 사건을 계기로 조금 더 빨리 앞당겨졌을 뿐이야."

"그건 이상합니다! 왜 싸워야 한다고 단정 짓습니까? 마교도 같은 사람입니다. 정파와 다를 것이 없다는 말입니다. 저는 며칠간 마교에서 지내며 그 사실을 알 수 있었습니다. 마공을 쓰는 것을 제외하면 그들도 저희들과 똑같은 인간이라는 것을……."

"그거다. 그들이 마공을 사용한다는 것이 바로 문제인 것이다."

제갈령이 끼어들자, 백태진의 시선이 바로 제갈령을 향

했다.

"마공은 마기에서 나오는 것이다. 우리 정파는 그 마기를 불길한 것으로 여기고 있다. 그들이 사용하는 것은 결코 무공이 아니라고 생각하고 있지."

"그건 관념의 차이일 뿐입니다."

"그렇겠지. 하지만 예전부터 이어져 오던 관념은 쉽게 사라지지 않는다."

"그런 관념은… 조금씩 없애면 됩니다."

"노력하면 없어질 수도 있겠지. 하지만 지금은 없앨 수 있는 때가 아니다. 그것이 전쟁을 막을 수 없는 이유다. 이미 그릇에 담긴 물을 쏟아버린 이상, 주워 담을 수는 없단 말이다."

처음에는 전쟁을 막을 수 있을 거라고 생각했던 백태진이었지만, 가주들의 말을 들으면 들을수록 전쟁을 막을 수 있다는 생각이 점점 사라지는 것만 같았다.

그때였다.

절망에 빠져 지금까지 말을 하지 않았던 남궁진이 입을 열었다.

"전쟁을 막을 방법이… 딱 한 가지 있습니다."

남궁진의 말에 모두의 시선이 그를 향했다.

"제 목숨을… 바치는 겁니다. 이번 일은 오해로 인한 것이니 교주에게 대가를 지불해야 할 것입니다. 그 대가를 제 목숨으로……."

 "남궁진 대협, 그런 생각은 어서 버리시오."

 "하지만……."

 제갈령이 말렸으나, 남궁진은 계속해서 갈등하는 듯했다.

 "그게 전쟁을 막을 수 있다는 보장을 할 수 없을뿐더러, 그런 식으로 전쟁을 막아봤자 앞으로 무림맹의 미래는 어둡기만 합니다. 조직 우두머리의 목숨을 스스로 내놓는 조직이 무사히 지속될 리가 없습니다."

 "……."

 "아셨으면 그런 말은 다시는 하지 마십시오. 조직의 머리가 잘려 나가는 순간, 그 조직은 제 기능을 할 수 없습니다. 팔다리 몇 개가 없어지는 것보다 더 심각해지죠."

 "…알겠습니다. 제가 경솔한 생각을 했습니다."

 남궁진이 그렇게 대답하자, 제갈령은 다시 백태진을 향했다.

 "전쟁을 막을 방법은 없네. 백 공자도 무림맹에 가담하여 마교를 공격하세. 파림은 마교를 물리치고 없앤다. 자네가 가담한다면 충분히 가능한 일이네."

 "…그건 안 됩니다."

"그럼 마교에 가담할 생각인가?"

"…그것도 아닙니다."

"그럼 어떻게 할 생각인가?"

"…마교는 먼저 공격을 하지 않겠다고 저와 약조했습니다. 그러니 무림맹 쪽에서도 공격을 하지 않는다면 마교에서 공격할 일도 없을 겁니다."

백태진이 어정쩡하게 대답하자, 제갈령이 날카롭게 쏘아붙였다.

"그렇다면 대치한 상태로 영원히 있자는 소리인가? 그건 진정한 해결 방법이 아닐세. 서로 정신적으로도, 신체적으로도 지쳐갈 뿐이지."

"그래도 잠깐의 시간은 벌 수 있을 겁니다!"

"그래, 시간은 벌 수 있겠지. 그동안 자네는 무엇을 할 생각인가?"

"…파림을 찾아내 이 손으로 처단하겠습니다."

"그러면 전쟁이 멈춰질까?"

"……."

백태진은 제갈령의 질문에 대답하지 못했다. 백태진도 어느 정도는 깨닫고 있었다. 파림을 처단해도 이 전쟁을 막을 수는 없다는 것을.

백태진이 생각했던 것보다 마교와 정파 간의 감정의 골

은 훨씬 깊었다.

백태진이 어찌할 수준이 아니었던 것이다.

"멈출 수 없다고 해도… 끝까지 발버둥 쳐보겠습니다. 모두에게 눈앞에서 파림의 존재를 알리면 전쟁을 멈출 수 있을지도 모릅니다."

"파림의 우두머리를 잡아오겠다는 소리인가?"

"…우두머리에게 모두의 앞에서 진실을 말하도록 하겠습니다."

백태진이 말하는 것은 전부 거의 실현 불가능한 일이었다.

설사 백태진이 우두머리를 잡는다고 하더라도 우두머리가 백태진의 뜻대로 진실을 얘기하지 않을 가능성이 높았다.

이런 짓을 저지른 자다. 죽는 한이 있더라도 계획을 망칠 짓은 하지 않으리라.

또한 우두머리가 진실을 얘기한다고 해서 사람들이 전쟁을 하지 않는다는 보장도 없었다.

백태진은 확신할 수 없는 희박한 가능성을 말하고만 있었다.

평소의 그답지 않은 말이었다. 그만큼 백태진도 정신적으로 궁지에 몰려 있었다.

"…백 공자, 자네의 말이 억지인 것은 스스로도 알고 있겠지?"

"알고 있습니다. 그래도 그것밖에 할 수 없습니다."

"…좋네, 나는 그 억지를 믿어보도록 하겠네. 이곳에서 최대한 시간을 끌어보도록 하지. 다른 가주들도 동의하시오?"

제갈령의 말에 가주들은 말없이 고개를 끄덕였다. 그들로서도 전쟁을 막을 방법은 그것밖에 없다는 것을 알고 있었다.

마지막 희망이 백태진이라는 사실도.

"다른 가주들도 동의했다. 하지만 우리는 백 공자를 도와줄 수 없네. 언제 마교가 공격해 올지는 아무도 모르니 이곳에 대기해야만 해. 파림을 없애는 것은 백 공자, 자네 혼자네."

"…혼자서도 해낼 수 있습니다."

"좋네, 믿어보도록 하지. 이것만 명심하게, 길게 끌어봤자 보름……. 그것이 자네에게 주어진 기간이네."

"……."

'앞으로 보름……. 해보는 수밖에 없다.'

파림이 어디에 있는지도 모른다.

설사 장소를 안다고 하더라도 백태진의 실력으로 파림의

우두머리를 제압할 수 있을지도 확실치 않다.
 주어진 기간도 짧다.
 백태진에게는 악조건밖에 없었다.
 그럼에도 불구하고, 백태진은 해야만 했다.

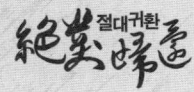

"아……."

당성기는 막사 안에서 나오는 백태진을 발견하고서 주춤거렸다. 밖에서도 막사 안이 심상치 않았음을 알 수 있었다. 당성기는 막사 안에서 도대체 무슨 일이 있었는지를 백태진에게 물어보고 싶었으나, 사뭇 얘기를 꺼내기가 힘들었다.

"지금까지 밖에 있었던 거야?"

다행히 먼저 얘기를 꺼낸 쪽은 백태진이었다.

"그, 그래. 여기에서 기다리고 있었지."

"기다리게 해서 미안하군."
"막사 안에서 도대체 무슨 일이 있었던 거야?"
"……"

당성기는 결국 자신이 궁금해하던 사실을 물어보았다. 백태진은 당성기의 말에 잠시 뜸을 들이더니 조용히 말했다.

"미안, 밖에까지 들릴 정도로 시끄러웠나?"
"그런 것은 아니지만……."

막사 안에서 분명 소리가 들리기는 했지만, 당성기가 궁금한 것은 그런 것이 아니었다. 어째서 막사 안에서 거의 살기에 가까운 기운이 느껴졌냐는 것이었다.

"막사 안에서 너와 가주들의 기운이 느껴졌다."
"…그래, 약간 일이 좀 있었지."
"내게 말해줄 수 있겠어?"
"이곳에서 말하기는 좀 그렇군. 장소를 옮기도록 하지."
"……"

백태진은 그렇게 말하고서 어디론가 이동하기 시작했다. 당성기도 그런 백태진의 뒤를 조용히 따랐다.

이윽고 두 사람은 아무도 없는 빈 막사 안으로 들어갔다.

"여기라면 조용히 얘기할 수 있겠군."

백태진은 그렇게 말하면서 막사 안에 배치된 의자에 앉

앉다. 당성기도 백태진을 따라 맞은편에 놓인 의자에 착석했다.

"그래, 무엇이 궁금하다고 말했었지?"

"…어째서 막사 안에서 기운이 느껴졌냐는 것이다. 마치 비무를 하기 전에 내뿜는 것과도 같은……. 설마 가주님과 칼부림을 했다는 것은 아니겠지?"

"그건 아니지. 그렇게 하면 그곳에서 멀쩡히 나올 수나 있겠어. 가주 다섯 명에게 둘러싸여서?"

"…그렇다면?"

"네가 걱정하는 것이 무엇인지는 알겠어. 분명 칼을 뽑기 직전까지는 갔지만 칼을 뽑지는 않았으니 안심해."

"그 직전에 멈춰서 안심하라니……! 그렇다는 말은 그런 심각한 상황 직전까지 갔다는 소리잖아!"

백태진이 태연한 얼굴로 말하자, 당성기는 한순간 자신이 백태진의 말을 잘못 들은 줄로만 알았다.

"그 당시의 나는 잠시 감정을 주체하지 못했다. 그래서 나도 모르게 그런 기운을 발산한 거야. 내가 설마 정말로 가주님들을 공격했을 거라고 생각하는 거야?"

"아니… 그건 분명히 아니겠지."

'하지만 가주님들 앞에서도 당당하게 행동할 수 있다니… 대단하다고 해야 할지, 무모하다고 해야 할지…….'

만약 자신이라면 다섯 명의 가주 앞에서 백태진과 똑같이 그런 기세를 내뿜을 수 있었을까하는 생각이 당성기의 머릿속에 떠올랐다.

불가능할 것이다. 다섯 명의 가주가 눈앞에 있다는 사실만으로 자신의 몸은 굳어버릴 것이다. 기세를 내뿜기는커녕, 숨조차 제대로 쉬는 것이 힘들 것이다.

그런 고수들 앞에서 당당하게 그런 기운을 내뿜었다는 말은 백태진이 가주들과 동등하거나 그 이상의 실력을 가졌다는 말이 된다.

어느새 자신이 범접할 수 없을 정도의 경지까지 오른 친우를 보며, 당성기는 복잡한 심정이 되었다.

백태진이 강해진 것은 분명 기뻐할 일이었으나, 같은 무인의 입장으로써 마냥 기뻐할 수는 없었다.

"가주님들 앞에서 그런 짓을 했다는 것만으로도 나는 거의 사형감이겠지. 운이 좋았어."

"……"

'운이 좋기는… 가주님들이 너를 어떻게 하지 못했던 이유는 너와 싸워서 확실히 너를 제압할 수 있다는 확신을 하지 못했기 때문일 거야.'

당성기는 왠지 모르게 백태진에 비해서 자신이 초라하게 느껴졌다. 필사적으로 수련하여 어느 정도 백태진을 따라

잡았다고 생각했었는데, 그 생각이 얼마나 턱없는 것이었는지 이번 기회에 뼈저리게 느낄 수 있었다.

"네가 화를 냈던 이유는… 역시 가주님들이 전쟁을 일으켰기 때문인가?"

"그래……. 하지만 얘기를 들어보니 무림맹도 파림에게 속았던 것이었어. 무조건 가주님 탓을 할 수는 없겠지."

"파림?"

"아, 네게는 말하지 않았군……. 이건 너만 알고 있어. 다른 사람들에게 말해봤자, 믿지도 않을뿐더러 지금은 괜한 혼란을 가져올 수도 있으니."

"……"

백태진이 진지한 얼굴로 그렇게 말하자 당성기는 마른침을 삼키며 고개를 한 번 끄덕였다.

그때였다. 막사 입구의 천막이 열리며 그곳에서 남궁백이 안으로 들어왔다.

"백 형, 제게도 말해주세요."

막사 안으로 들어와 남궁백이 그렇게 말하자 백태진은 잠시 남궁백을 말없이 보더니 입을 열었다.

"좋다, 너도 들을 권리는 있겠지. 자리에 앉아라."

백태진의 말에 남궁백은 천천히 걸어와 의자에 조심스럽게 앉았다.

백태진의 맞은편에 남궁백까지 더해져 두 사람이 착석하자 백태진은 입을 열기 시작했다.

 "나는 꽤 오래전부터 파림이라는 존재에 공격을 받았다. 그리고 우연찮게 파림의 존재를 추적하는 도중, 그들의 행동에 의문을 느끼게 되었다. 그들이 의도적으로 정마대전을 조장하고 있다는 것이었지."

 "그럼 이번 전쟁은……."

 "그래, 마교도 정파도, 모두 파림이라는 조직에게 속아서 전쟁을 하고 있는 것이다. 남궁세가를 공격해서 마치 마교가 공격한 것처럼 꾸민 것도, 신강의 마교 지부를 전멸시킨 것이 정파인 것처럼 꾸민 것도, 신강에서 정파인이 학살당한 것을 마교가 한 행동인 것처럼 꾸민 것도, 모두 파림의 짓이다."

 백태진의 얘기를 들은 두 사람은 상당한 충격을 받은 듯했지만, 곧바로 파림에 대한 분노로 주먹을 꽉 쥐었다.

 "할아버지를 죽인 게 그런 녀석들이었다니……. 모두… 속아서……."

 남궁백은 상당히 분한 듯 얼굴이 붉게 달아오르다 못해 핏줄이 섰다.

 "네 말이 사실이라면 정말로 건방진 녀석들이군. 감히 마교뿐단이 아니라 무림맹까지 속이다니. 도저히 용서할 수가 없군."

"성기, 네 말이 맞다. 그런 녀석들은 도저히 용서할 수 없지."

"그럼 이제 어떻게 하지? 우리는 적이 파림이라는 것을 알면서도 마교와 싸워야 한다는 건가?"

"…사실은 그것에 대해서 가주님들과 얘기해 보았다. 그리고 하나의 결론을 내렸지."

당성기와 남궁백은 백태진의 다음 얘기를 숨죽여 기다렸다.

"다행히도 나는 마교의 교주에게서 약조를 하나 받아냈다. 마교 측에서 먼저 무림맹을 공격하지 않겠다는 약조였지. 하지만 그 약조가 언제까지 지켜질지는 장담할 수 없어. 아무리 교주라도 분노하는 교인들을 완벽히 다스릴 수는 없을 테니까. 그래서 제갈령 대협과 상의한 결과, 최대 보름 정도는 마교와 무림맹이 대치한 상태에서 버틸 수 있을 거라는 말이 나왔다. 전쟁을 막기 위해서는 그 보름이라는 기간 내에 해결책을 찾는 수밖에 없다

"방법이 있나?"

"어렵지만… 있다."

"그 방법이란 뭐지?"

"…내가 파림의 우두머리를 이 전장으로 잡아오는 것이

다. 그래서 모두에게 진상을 말하도록 하게 하는 것이다. 이 방법도 성공할 수 있다고 장담할 수 없어. 적의 본거지도 모를뿐더러, 적이 진상을 말할 거라고 보장할 수도 없지. 그리고 무엇보다도 시간이 너무 부족하다. 보름이라는 시간 내에 실행하기에는 너무 어려운 작전이야."

"나도 함께 가겠다! 진정한 적을 알게 된 이상, 이곳에서 가만히 있을 수는 없어!"

"저도 함께 가겠어요!"

당성기와 남궁백이 기세 좋게 말했지만, 백태진은 고개를 저었다.

"너희들은 이곳에 남아 있어야 한다. 최악의 결과지만, 마교와의 전쟁이 시작되면 조금이라도 전력이 많은 것이 좋아."

"크……."

당성기는 백태진에게 도움이 되지 못한다는 것이 분한 듯 탁상을 손으로 내려쳤다. 남궁백 또한 분한 마음에 몸을 부들부들 떨고 있었다.

백태진은 그 두 사람의 심정을 이해할 수 있었다. 만약 자신이 그들의 입장에 있더라도 필시 분했을 것이다.

"미안해……. 네 힘이 되어줄 수 없을 것 같다."

"백 형… 저도 제 가족들과 동료를 버리고 갈 수는 없습니다. 죄송합니다……."

"두 사람이 고개를 숙일 필요는 없어. 최악의 상황을 각오해야 할 필요도 있으니까……."

남궁백은 백태진의 그 말이 불안하게만 느껴졌다. 꼭 백태진 본인이 곧 죽는다고 말하는 것처럼 들린 것이다.

"백 형이라면 분명히 해낼 수 있을 겁니다! 최악의 상황이라니… 그런 것은 생각도 하기 싫습니다."

"백아, 인생은 언제나 좋은 일만 일어날 수는 없는 법이다. 최선의 상황도 생각해야겠지만, 최악의 상황도 생각해야만 하지. 그리고 그 최악에 대비하는 것으로 인간은 최악에서 벗어나게 되는 것이다. 두 사람이 이곳에 남는 것도 그와 같은 것이다. 믿고 맡겨도 될까?"

백태진의 말에 남궁백은 어딘가 가슴 언저리가 저려오는 것만 같았다.

그리고 지금 자신이 나약한 소리를 한다면, 자신보다 더 힘든 일을 해내야만 하는 백태진에게 아무런 힘도 되지 못할 것이라는 생각이 들자 남궁백은 자신이 없더라도 고개를 끄덕일 수밖에 없었다.

"네……. 이곳은 제게 맡기십시오. 제 목숨을 바치더라도 반드시 지켜내 보이겠습니다."

"나도다. 네가 돌아올 곳은 지켜내도록 하지."

"…두 사람 다 고맙다."

두 사람의 말에 백태진은 불가능할 것만 같은 작전을 성공시킬 수 있을 거라는 힘이 생겨나는 것만 같았다.

"그런데 백아."

그때 백태진이 뭔가가 뇌리를 스쳐 지나간 듯 조금 가라앉은 얼굴이 되어 말했다.

"설린 소저와 세영이는 이곳에 오지 않은 것인가?"

"백 형, 그 두 사람은……."

백태진의 말에 남궁백은 어떻게 말해야 좋을지 망설였다. 두 사람이 백태진을 쫓아 행방불명이라고 말한다면 필시 백태진에게 큰 짐을 짊어지게 하는 결과를 일으키게 될 것이다. 남궁백은 백태진에게 그 짐을 짊어지게 할 수는 없었다.

"네, 이곳에는 오지 않았어요."

"그래… 용케 그 두 사람이 오지 않았구나. 세영이의 성격이라면 반드시 이곳에 오려고 할 텐데, 설린 소저도 고집이 좀 세지. 두 사람은 건강하게 지내고 있겠지?"

"…네, 건강하게 지내고 있어요. 어서 백 형이 무사히 돌아오기만을 기다리고 있어요."

"…그래, 반드시 돌아가야지."

그렇게 말하는 백태진의 얼굴에는 밝음과 어둠이 섞인

듯했다.

 두 사람을 생각하며 기쁨이 떠올랐지만, 자신이 그 두 사람에게 했던 일을 떠올리니 어두워진 것이다.

 '설린 소저… 세영아, 두 사람은 지금 무엇을 하고 있을까.'

 백태진은 두 사람이 무사하기만을 기도했다.

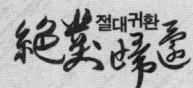

 "하얀 검을 가진 무인을 보지 못하셨나요? 나이는 이십 대 중반이고 정파무인인……."
 "난 몰라. 그보다 당신… 참 아름다운데, 어때? 내가 부담할 테니까 오늘은 나와 함께… 어이! 무시하는 거냐!"
 남궁설린이 냉하에 도착한 지도 벌써 일주일이라는 시간이 흘렀다. 냉하에 도착한 뒤로 계속해서 백태진의 행방을 묻고 다녔지만, 남궁설린은 큰 수확을 얻지 못했다. 저렇게 남궁설린에게 작업을 거는 경우가 대다수였기에 이제는 익숙하게 처리할 수 있었다.

'냉하에 도착한 지도 벌써 칠 일… 가가의 행방을 찾을 단서는 티끌만큼도 찾지 못했다. 가가는… 도대체 어디에 있는 거지?'

시간이 흐를수록 남궁설린의 마음은 초조해져만 갔다. 아침부터 백태진의 단서를 찾기 위해서 돌아다닌 남궁설린은 해가 드문드문 지려고 하자 유세영과 합류하기 위하여 약속한 장소로 향했다.

약속한 장소에 가까워지자 남궁설린은 사람들이 웅성거리는 소리와 함께 익숙한 목소리를 들을 수가 있었다.

"그러니까! 이렇게 생긴 사람이라고! 정말로 못 봤어?"

"그, 그런 엉터리 그림으로 어떻게 사람을 찾겠다는 거야!"

유세영은 한쪽 손으로 한 남성의 멱살을 잡고서는 다른 손으로 종이를 남성의 얼굴로 향하고 있었다.

유세영의 손에 있는 종이에는 사람의 형상을 한 초상화가 그려져 있었는데, 어린애가 그려도 저 종이에 그려진 그림보다는 더 잘 그릴 수 있을 정도로 대충 그려진 그림이었다. 그건 그림이라기보다는 거의 낙서에 가까웠다.

"내 그림이 어때서! 실물도 이것과 완전히 똑같이 생겼는데!"

"사람이 그렇게 생기면 그건 사람이 아니야!"

"뭐라고!"

유세영이 고함을 지르자 남성은 겁을 먹은 듯 몸을 움츠렸다.

"하……."

남궁설린은 유세영을 보고서는 깊은 한숨을 내쉬고는 유세영에게 다가가 그녀의 어깨를 잡았다.

"그쯤 해둬."

"하지만 언니! 이 녀석은 내 그림을 무시하는 발언을 했다니까?"

"내가 봐도 그 그림은 가가와 다른 인물이야."

"언니도 내 그림을 무시하는 거야?"

유세영은 잡고 있던 남성의 멱살을 풀고서 남궁설린에게 대들었다.

유세영에게 겨우 풀려난 남성은 허겁지겁 도망가 버렸다.

"하지만 그 방법은 나쁘지 않아. 확실히 특징을 말하는 것보다 초상화를 그려서 보여주면 가가를 찾는 것이 더 쉬워질 지도 몰라."

"그, 그래?"

"용케 그런 방법을 생각했구나. 잘했어, 세영아. 이걸로 가가에게 가까워진 것 같아."

"헤헤헤, 역시 나는 똑똑해. 나 말고 누가 이런 방법을 생각했겠어?"

남궁설린이 칭찬해 주자, 유세영은 곧바로 어깨를 으쓱거리며 기고만장해졌다.

"그럼 일단 그림부터 그려야 하나……."

"언니, 여기에 그림이 있는데 뭘 또 그리려고 그래?"

유세영이 자랑스럽게 자신이 그린 그림이 그려진 종이를 남궁설린에게 내밀자, 남궁설린은 무심한 눈빛으로 초상화를 응시했다.

"어때? 어때? 똑같지?"

"……."

남궁설린은 계속해서 그 초상화를 보고 있자니 화가 치밀어 올랐다.

'코도 삐뚤고 눈의 위치도 이상하고, 입도 돌아가 있고……. 저게 어디가 가가란 말이야!'

남궁설린은 칼을 뽑아 들더니 재빠르게 유세영이 들고 있는 종이를 산산조각 내버렸다.

"으아아! 내 그림이!"

유세영은 조각나서 흩날리는 종이들을 보며 절망했다. 그리고 남궁설린을 노려보며 소리쳤다.

"갑자기 무슨 짓이야!"

"어디서 그런 녀석이 가가라고 말하고 있어. 한동안 가가를 못 보더니 얼굴을 잊어버린 거야?"

"잊어버리기는 누가! 똑똑히 기억하고 있는 걸!"

"후… 먹과 붓, 종이는 있어?"

"언니가 그리겠다는 거야? 흥, 나보다 잘 그리는지 한번 봐주겠어."

유세영은 콧방귀를 뀌며 남궁설린에게 종이와 먹이 묻은 붓을 주었다.

남궁설린은 유세영에게 받은 종이를 왼손으로 잡고 붓은 오른손으로 잡더니 들고 있는 상태에서 붓을 이리저리 움직이기 시작했다.

"흥, 그런 자세에서 그려봤자 제대로 된 그림이 그려지겠어? 나처럼 공손하게 무릎 꿇고서 조용한 곳에서 그려야 제대로 된 작품이 나와, 언니같이 대충 서서 그려봤자 제대로 된 것이 나올 리는……."

"다 됐어."

남궁설린이 눈 깜짝할 사이에 그림을 완성시키자 유세영은 조금 놀란 듯 남궁설린을 쳐다보더니 다시 가슴을 펴며 말했다.

"벌써 그렸다고? 보지 않아도 제대로 되지 않은 그림인 것이 확실하군."

"됐으니까 보기나 해."

"알았어. 내가 감정해 주지. 언니의 그림이 얼마나 오빠와 닮았는지……."

남궁설린에게서 받아든 그림을 확인한 유세영은 귀신이라도 본 듯이 넋이 빠져 버렸다.

남궁설린이 그린 그림은 완벽 그 자체였다. 실제로 백태진이 그곳에 있는 듯 세밀한 부분 하나까지도 신경 쓴 완벽한 초상화였다.

'잘 그렸잖아……. 어떻게 이럴 수가 있어?'

이건 우긴다고 어떻게 될 수준의 그림이 아니었다. 유세영은 갑자기 자신의 그림이 부끄럽게만 느껴졌다.

"어때, 내 그림은."

"…이건 사기야! 언제 바꿔치기 했어? 미리 그려놓은 것으로 바꿔치기한 것 아니야? 정말 언니 실력이란 말이야?"

"당연한 소릴… 애초에 네가 그림으로 가가를 찾는 것도 몰랐는데 바꿔치기 할 그림을 어떻게 준비했겠어."

그래도 유세영은 믿지 못하겠다는 듯이 남궁설린을 추궁했다.

"그러면 무슨 방법으로 이 그림을 그린 거야!"

"당연히 내 손으로 그렸지."

"거짓말!"

"거짓말이 아니야. 나는 어릴 적에 기본 교양으로 수묵화를 배웠어. 이 정도는 눈 감고도 그릴 수 있어."

"……"

'역시 가문의 힘이란…….'

유세영이 그렇게 생각하며 혀를 차고 있을 때, 남궁설린은 유세영이 어떤 반응을 보여도 상관없다는 듯이 유세영에게서 종이 한 장을 빼앗아 다시 붓을 움직이기 시작했다. 잠시 후, 유세영이 들고 있는 그림과 똑같은 그림이 완성되었다.

"그럼 이 그림으로 사람들에게 다시 한 번 물어보자, 이번에는 가가에 대한 행방을 찾을 수 있을지도 몰라."

"그래, 알았어!"

남궁설린의 말에 유세영은 자신이 이곳에 온 목적을 상기시키며 그 목적을 이루는 것에만 집중하기로 했다. 두 사람은 다시 거리를 돌아다니며 사람들에게 초상화를 보여주면서 백태진의 행방을 묻기 시작했다.

초상화까지 동원했지만 결국 해가 완전히 질 때까지 단서는 찾을 수 없었다.

결국 남궁설린과 유세영은 묵고 있는 객잔으로 돌아왔다.

그리고 모두가 잠들 밤, 두 사람은 하루 종일 돌아다녀 지친 몸을 침상에 눕혔다.

들고 온 돈이 얼마 없었기 때문에, 두 사람은 같은 방을 함께 쓰고 있었다.

조금 좁았지만 백태진을 생각하면 충분히 견딜 수 있었다.

"…언니, 자?"

서로 등을 맞대고 잠을 청하는 도중, 유세영이 남궁설린에게 말했다.

"…아니. 아직 안 자."

"초상화까지 동원했는데… 결국에는 아무런 단서도 찾을 수 없었어."

"……"

"우리… 정말로 오빠를 다시 만날 수 있는 걸까?"

남궁설린은 유세영의 말에서 약간의 흐느낌을 느낄 수가 있었다.

당장에라도 울 듯, 유세영의 목소리는 너무나도 여리게 떨렸다.

유세영의 목소리에 남궁설린도 울컥함이 올라왔지만 자신마저 나약해진다면 영원히 백태진을 찾을 수 없다는 생각에 겨우 평정심을 유지하며 말했다.

"초상화를 들고서 찾아본 것은 아직 두 시진밖에 안 되잖

아. 내일도 찾아보면 반드시 단서를 찾을 수 있을 거야."

"…정말로?"

"그래, 정말로."

"알겠어. 언니가 그렇게 말하니까 힘이 나는 것 같아."

유세영은 그렇게 말하고서는 반대로 돌아누웠다. 그리고 유세영을 뒤에서 끌어안았다.

"언니… 고마워."

"갑자기 무슨 소리야……."

"언니는 내 곁에 쭉 있어줘서 다행이야……. 나 옛날부터 언니가 있었으면 좋겠다고 생각했어. 나, 언니를 친언니라고 생각해도 괜찮은 거지?"

"……."

유세영의 말에 남궁설린은 가슴 한 구석이 어려 오는 것 같았다. 남궁설린도 뒤돌아 누웠다. 그리고 유세영을 꼭 끌어안으며 말했다.

"가가께서 말하셨잖아. 우리는 이제 가족이라고."

"응."

유세영은 남궁설린의 말에 안심한 듯 편안한 얼굴로 남궁설린의 품에서 잠들었다.

"……."

'가가, 가가께서 오셔야 가족이 전부 모이는 거예요. 도

대체 어디에 계세요…….'

유세영이 잠들자 남궁설린은 참았던 눈물이 살짝 흘러나왔다.

지금 이 순간, 그 누구보다도 백태진을 그리워하는 인물은 남궁설린이었다.

*　　　*　　　*

다음 날 아침, 남궁설린은 아침 일찍 일어나자마자 평소와 다름없이 백태진에 대한 단서를 찾기 위해서 동분서주하고 있었다.

"이런 사람 본 적 없나요? 이름은 백태진이라고 합니다."
"아니, 없는데?"
"그렇습니까……."

하지만 여전히 단서를 찾는 것은 어려운 일이었다. 초상화를 그림으로써 묻는 것이 좀 더 수월해졌지만, 정작 백태진을 본 인물이 아무도 없는 것만 같았다. 백태진이 정말로 냉하에 왔었는지도 의심될 정도로 백태진에 대한 단서는 전무했다.

'정말 일이 잘 풀리지 않는구나…….'

남궁설린은 지친 마음을 토로하듯 깊은 한숨을 내쉬었

다. 그런데 그때, 저 멀리서 유세영이 남궁설린을 향해 달려오고 있었다.

"언니―! 큰일이야!"

"큰일? 적어도 가가에 대한 정보는 아니겠군."

남궁설린은 한순간이라도 유세영이 백태진에 대한 정보를 찾았다고 기대했었지만, 역시나 그건 단순한 기대일 뿐이었다.

남궁설린의 앞에 다가온 유세영은 다급하게 말을 하다가 계속해서 혀가 꼬였다.

"세영아, 침착하게 얘기해."

"아, 알았어."

남궁설린의 말에 유세영은 깊게 숨을 고르더니 다시 급하게 말하기 시작했다.

"오빠에 대한 정보를 찾다가 우연히 들은 소문인데 말이야. 신강에서 정파인이 마교에 의해서 대거 학살당했대!"

"뭐……?"

유세영의 말을 들은 남궁설린은 한순간 표정이 굳어버렸다.

'어쩌지, 그렇다면 가가께서 막으려던 전쟁이 일어나는 것도 시간문제라는 소리야?'

남궁설린은 그 소문이 사실이 아니라는 것을 알고 있었

지만, 이렇게나 소문이 퍼져 버린 이상 전쟁을 피하기는 어려울 것이라 판단했다.

"어떻게 하지? 언니?"

"……."

유세영의 말에 남궁설린은 잠시 입을 다물고서 생각에 잠겼다. 그리고 잠시 후, 침착하게 말하기 시작했다.

"지금은 가가를 찾는 일에 집중하자. 지금 우리가 할 수 있는 일은 그것이 최선이야."

"그건 그렇지만… 오빠는 어떻게 하지? 전쟁을 막으려고 그렇게나 애썼잖아."

"……."

이 소식을 듣고서 가장 가슴이 철렁 내려앉는 사람은 백태진일 것이다. 남궁설린은 지금 백태진이 얼마나 힘들 것인지 알 수 있었다.

"그러니까 한시라도 빨리 가가를 찾아서… 힘이 되어드려야지."

"그렇겠지……? 알았어, 좀 더 분발할게."

유세영은 반드시 백태진을 찾겠다는 의지를 내보이려는 듯 두 손에 주먹을 꽉 쥐었다.

그런데 그때, 남궁설린의 시선 구석에 누군가가 지나갔다.

'잠깐… 저 사람은!'

남궁설린은 무심코 봤으면 지나칠 수도 있었을 인물을 발견하고서 갑자기 그쪽으로 뛰어갔다.

"어, 언니?"

갑자기 남궁설린이 뛰어가자 유세영은 영문도 모른 채 남궁설린을 따라 뛰었다.

'놓치면 안 돼……!'

남궁설린은 필사적으로 달려갔다. 그리고 자신이 발견한 인물의 앞을 가로막았다.

남궁설린이 앞을 가로막자, 그 인물은 조금 놀란 얼굴로 남궁설린을 보며 말했다.

"너는 백태진 녀석과 함께 다니는 여자가 아니냐, 그러니까 분명 이름이……."

"남궁설린입니다. 오랜만에 뵙습니다. 적마검 어르신."

남궁설린이 발견한 인물은 바로 적마검이었다. 남궁설린은 먼저 냉하로 떠난다던 적마검을 이곳에서 발견할 줄은 생각도 못했다.

남궁설린이 필사적으로 적마검을 쫓은 이유는 적마검이 백태진의 행방에 대해서 알고 있을지도 모른다는 생각 때문이었다.

우연인지 필연인지 적마검과 백태진은 이 넓은 무림에서

몇 번이나 마주쳤다. 이번에도 같은 목적지로 향했던 두 사람이기에, 어쩌면 만났을지도 모른다는 생각이 들었다.
 "아, 그래, 남궁설린이었지. 그리고 또 한 명 더 있었는데……"
 "언니, 갑자기… 아! 적마검 할아버지!"
 "그래, 세영이구나. 오랜만이다."
 오랜만에 유세영을 만나니 두 사람은 서로가 반가운 듯했다.
 적마검은 유세영을 반기면서도 눈알을 굴리며 다른 인물을 찾고 있었다.
 하지만 찾는 인물이 발견되지 않자, 적마검은 의아한 얼굴로 유서영에게 물었다.
 "세영아, 그런데 백태진 그 녀석은 어디에 있지?"
 "아… 오빠는……"
 적마검의 말에 유세영이 급 우울한 표정을 짓자, 적마검은 백태진에게 무슨 일이 있다는 것을 알 수 있었다.
 적마검은 우울한 표정의 유세영에서 남궁설린으로 시선을 돌리며 물었다.
 "무슨 일이 있는 거냐?"
 "그 말을 들으니… 가가의 소식은 적마검 어르신도 모르는 것 같군요."

"그 녀석의 소식을 왜 내게 묻느냐? 녀석과 언제나 함께 다니는 것은 너희들이지 않느냐?"

"조금 긴 얘기가 될 지도 모릅니다. 간단하게 객잔에라도 들러서 얘기를 했으면 좋겠습니다."

"알겠다."

남궁설린의 말에서 심각함을 느낀 적마검은 두 사람과 함께 객잔으로 향했다.

* * *

남궁설린은 객잔에서 적마검에게 그간 있었던 일을 전부 얘기했다.

"…저번에 내게 귀령검에 대해서 상담하더니, 또 다른 인격이 생겼을 줄이야. 그래서 너희들 곁에 있으면 위험하다고 판단해서 혼자서 파림의 행방을 쫓아 이곳에 왔다는 것이냐?"

"네, 그렇습니다. 그런데 파림이라니? 그게 무엇이죠?"

"아직 모르는 것인가? 지금까지 정마대전을 조장한 조직의 이름이다. 불타는 서신에서 발견한 파림이라는 단어… 그것은 조직의 이름을 말하는 것이었어."

"파림……."

남궁설린은 파림이라는 이름을 잊지 않으려는 듯 몇 번이나 낮은 목소리로 되뇌었다.

"적마검 어르신께서는 신강에서 일어난 일을 알고 계신가요?"

"그래, 소문으로 들었지. 하지만 그 소문은 거짓이다. 마교가 그런 짓을 할 리가 없어. 현재 마교는 그런 일을 저지를 만큼 내부 상황이 좋지 않아. 그것도 파림이 저지른 일이겠지."

"역시나 그랬군요."

적마검의 말로 인해 남궁설린의 의혹이 확신으로 바뀌었다.

"어르신께서는 파림에 대해서 얼마나 알고 계신 겁니까?"

"너희들보다 앞서 냉하에 도착한 나는 지금까지 파림에 대해서 조사했다. 그 결과 파림의 본거지가 있을 거라고 예상되는 장소를 알아낼 수 있었지."

"……!"

적마검의 말에 남궁설린은 상당히 놀랐다. 적의 본거지를 알아냈다는 것은 언제라도 본거지를 공격할 수 있다는 뜻이었다. 잘하면 적을 괴멸시켜 전쟁을 막을 수도 있었다. 하지만 그것보다 남궁설린의 머릿속에 떠오른 것은 다른 것이었다.
 "그럼 가가께서도 그곳에 계실지 모르겠군요."
 "그럴 수도 있겠지. 그 녀석이라면 충분히 적의 본거지를 알아냈을 수도 있어. 나보다 한발 앞서 적의 본거지로 갔어도 이상할 건 없지."
 "어르신, 그럼 저희도 함께 동행해도 괜찮겠습니까?"
 "…그곳이 위험한 곳이라는 것은 알고 있겠지?"
 "상관없습니다. 가가를 만날 수만 있다면."
 적마검은 남궁설린의 두 눈을 똑바로 쳐다보았다. 남궁설린의 눈은 결의가 굳은 듯 한 치의 흔들림도 없었다.
 "…좋다. 그곳에서 무슨 일이 벌어질지 모르니 나도 혼자서 가는 것은 위험하던 참이었다. 동행하도록 하지."
 "감사합니다. 어르신!"
 적마검의 말에 남궁설린은 무척이나 기뻐했다.
 '이것으로 가가에 대한 단서를 찾아냈어.'
 백태진에 대한 단서를 찾을 수 없었던 요 며칠간이었다. 그러던 중 적마검이 준 정보는 남궁설린에게 있어서 가뭄의 단비와도 같이 귀중한 것이었다.

第四章
본거지를 찾아

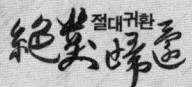

 백태진은 서둘러서 마교로 떠날 채비를 하고 있었다. 주어진 시간이 얼마 없는 이상, 이곳에서 지체할 시간은 없었다.
 마교에 들러 무림맹의 공격은 오해였다는 것을 말하고 최대한 시간을 끌 생각이었다.
 그리고 잘하면 마교에서 파림에 대한 정보를 알아낼 지도 모른다고 생각했다.
 백태진이 그렇게 생각한 이유는 적마검에게서 들었던 얘기 때문이었다.

귀령검을 가졌던 인물이 십마두였다는 것은 파림이 마교와 관련이 있다는 것이다.

별거 아닐지도 모르지만, 아주 관련이 없지는 않을 것이다.

"벌써 떠나는 건가?"

말에 올라타는 백태진을 보며 당성기가 측은한 얼굴로 말했다.

"그래, 바로 떠나야지."

"아무리 서두른다지만 휴식도 필요한 법이야. 네 얼굴에서 피로가 느껴진다. 하룻밤만 이곳에서 쉬고 떠나면 안 되겠는가?"

"그럴 수는 없어. 나는 그 시간조차 아까울 정도로 촉박해. 그 휴식 시간 때문에 이번 일을 그르칠 수도 있어."

"…그렇게까지 말한다니 더 이상 너를 붙잡아둘 수는 없겠군."

당성기는 백태진의 어깨가 얼마나 많은 것을 짊어지고 있는지 알고 있었기 때문에 더 이상 그를 붙잡아둘 수 없었다.

"태진. 그렇다면 이것만 받아둬."

당성기는 그렇게 말하면서 백태진에게 뭔가를 던졌다. 백태진이 반사적으로 당성기가 던진 것을 받아 들자 짤랑

거리는 소리가 들려왔다.

"이건… 돈이잖아."

"그래, 파림을 찾는데 언제 어떻게 돈이 쓰일지 모르니까 그건 필요하다고 생각한다."

"하지만… 너에겐 저번에도 신세를 진 것이 있어. 또 받기만 하는 것은 너무 미안하네."

"미안할 필요 없어. 원래는 나도 너와 함께 가고 싶지만 그럴 수가 없으니 이렇게라도 도와주고 싶은 거야. 그냥 받아둬."

"……."

백태진은 당성기의 말에서 함께하지 못한 아쉬움이 느껴지는 듯했다. 더 이상 거절하는 것은 도리어 당성기의 체면에 흠집을 내는 결과를 가져올 뿐이었다.

"알았어……. 이 돈, 반드시 대의를 위해 쓰도록 하지."

"그래."

백태진은 짧게 대답하고서 고삐를 내려쳤다.

그러자 백태진이 탄 말이 힘차게 울더니 앞으로 달려 나갔다.

"…꼭 성공해. 반드시……."

멀어져 가는 백태진을 보며 당성기는 낮게 중얼거렸다.

"으랴앗—!"

백태진의 말은 질풍처럼 달려 순식간에 성벽까지 도착했다. 별다른 입구가 없기 때문에 도약해서 성벽을 건너는 수밖에 없었다.

"으랴, 으랴!"

백태진은 능숙하게 말을 다뤘다. 말은 성벽 앞에서 힘차게 도약하더니 위로 오르는 계단에 착지했다.

말은 계단을 따라 이동하더니 곧바로 성벽 위로 올라갔다. 그리고 아무런 망설임도 없이 성벽 아래로 뛰어내렸다.

쿵—

묵직한 소리와 함께 말은 성벽 너머의 땅에 착지했다. 성벽을 쌓던 사람들은 순식간에 일어난 광경을 그저 넋을 놓고 보았다.

'조금 더 빠르게… 더 빠르게!'

충분히 빠른 속도였지만 백태진은 계속해서 말을 재촉했다.

백태진의 마음에 부흥하듯 말은 계속해서 속도를 키워 나갔다.

그렇게 한 시진을 달렸을 쯤.

두두두두두두두두—

'지진……?'

백태진은 갑자기 땅에서 심한 진동을 느꼈다. 처음에는 지진으로 알았으나, 곧바로 지진이 아니라는 것을 알 수 있었다.

'…대장관이군.'

백태진의 정면에서 흙먼지를 흩날리며 이쪽으로 다가오는 대군을 보았기 때문이다. 백태진은 곧바로 그 대군이 마교의 군사라는 것을 알 수 있었다.

'무서운 기세다.'

멀리서 마주한 것뿐이지만, 백태진은 마교의 군대에서 온몸이 떨릴 만한 두려움이 느껴졌다. 저 대군을 당해낼 것은 아무것도 없다는 생각까지 들었다.

그때였다.

마교의 군대가 태진을 발견하고 행군을 멈추기 시작했다.

그와 동시에 백태잔이 느꼈던 땅의 울림도 잦아들었다.

백태진은 대군 앞에 다가가 말을 멈춰 세웠다. 그리고 잠시 후, 대군 사이에서 말을 탄 한 인물이 백태진에게 다가왔다.

'부교주인가…….'

백태진에게 다가온 인물은 유시걸이었다. 유시걸은 말을

탄 상태로 백태진 앞에 멈추더니 그 자리에서 백태진을 응시했다.

"……."

두 사람은 서로를 노려보았다. 잠시 동안의 정적이 두 사람 사이에서 흘렀다.

"이곳에는 무슨 일이지? 설마 이 대군을 혼자서 막기 위해서 왔다고 말하지는 않겠지?"

"그건 아닙니다. 제게 무슨 힘이 있어서 마교의 수만 대군을 막을 수 있겠습니까."

"그럼 어째서 이곳에 있는 것인가. 산책이라고 말하지는 않겠지."

유시걸의 말에 백태진은 가볍게 웃었다. 하지만 곧바로 진지한 얼굴로 말했다.

"마교로 향하는 길이었습니다."

"…마교로. 무슨 목적으로 마교에 간다는 거지?"

유시걸은 백태진을 경계하고 있었다.

마교에게 커다란 도움이 된 인물이라고는 하지만 백태진은 정파인.

언제 어떻게 적으로 돌변할지 모른다는 생각을 유시걸은 계속해서 염두에 두고 있었다.

백태진의 대답에 따라서 이곳에서 백태진의 목을 벨 수

도 있었다. 설사 마교의 영웅이라고 할지라도.

"방금 전, 무리맹의 맹주와 얘기를 하고 왔습니다."

"무슨 얘기를 하고 왔는가. 무림맹주가 교주님의 목이라도 베고 오라고 말하던가?"

"…모든 것은 오해로부터 시작된 것입니다. 저는 전쟁을 막기 위해서 마교로 향하는 것입니다."

"너는 이 전쟁을 막을 수 있을 거라고 생각하나?"

유시걸도 다른 사람들과 마찬가지로 이 전쟁은 막을 수 없다고 생각했다.

그것이 설사 만독과를 가지고 온 백태진이라고 할지라도.

"막을 것입니다."

백태진은 짧게 대답했다. 하지만 그 대답에는 반드시 전쟁을 막겠다는 백태진의 의지가 분명히 담겨 있었다.

유시걸은 백태진의 의지가 온몸으로 느껴지는 듯했다. 그러자 백태진이라면 또 한 번 기적을 일으킬 수 있다는 생각조차 들었다.

"…할 수 있겠나?"

"할 수 있습니다."

"좋다, 교주님의 명령이 있었으니 나도 되도록 대치 상황을 길게 끌어보겠다.

"감사합니다."

백태진이 유시걸에게 고마움을 표시하자, 유시걸은 말을 돌려 뒤돌아보았다. 그리고 군사들을 향해 소리쳤다.

"길을 만들어라!"

유시걸의 말이 떨어지자, 호수가 갈라지듯 그 수많은 사람이 일사불란하게 움직이기 시작했다.

곧이어 백태진의 눈앞에 끝이 보이지 않는 길이 생겨났다.

"자, 어서 가라."

"감사합니다."

백태진은 다시 한 번 유시걸에게 고마움을 표시하고서 사람으로 이루어진 길을 향해 달려갔다.

그 길로 돌입하려는 순간, 백태진은 입구 쪽에 서 있는 다른 십마두들을 발견할 수 있었다.

이 전쟁의 진상을 알고 있는 십마두들은 백태진을 보며 무언의 대화를 하는 듯했다.

백태진도 그들에게 결의의 눈빛을 보냈다. 이윽고 백태진은 십마두들을 지나서 사람으로 이루어진 길에 도달했다.

백태진이 지나가자, 왜 그렇게 백태진이 급하게 이동하는지 영문을 모르는 교인들은 의아하게 그를 쳐다볼 뿐이었다.

그때였다. 백태진의 뒤편에서 유시걸의 목소리가 들렸다.

"모두들 마교의 영웅이 지나갈 때까지 함성을 질러라!"

유시걸이 왜 함성을 지르라고 말하는지 교인들은 그 이유는 알 수 없었으나, 힘차게 백태진을 향해 함성을 질렀다.

수만의 사람이 한꺼번에 지르는 함성 소리는 대지를 진동시켰다.

백태진은 그들의 함성을 들으니 무언가가 가슴으로부터 울컥 올라오는 것만 같았다.

'이들도 내가 지켜야 할 사람이다. 정파든 마교든 상관없어. 모두… 지켜내 보이겠다.'

백태진은 고개를 푹 숙인채로 속력을 높였다.

이윽고 그는 인파로 이루어진 길을 통과했다. 하지만 교인들은 백태진이 길을 통과했음에도 함성을 멈추지 않았다.

백태진이 완전히 사라질 때까지, 교인들의 함성은 계속되었다.

이윽고 대군의 함성 소리가 잦아들었다.

'네가 정말로 이 전쟁을 멈출 수 있다면… 그때야말로 너

는 진정한 영웅이 될 수 있겠지.'

유시걸은 피식 웃으며 말머리를 돌렸다. 그리고 다시 한 번 소리쳤다.

"대열을 원래대로 한다!"

유시걸의 말에 다시 한 번 대군은 일사불란하게 움직였다.

그리고 언제 그랬냐는 듯이 아까 전까지만 해도 존재했던 길은 사라지고 없었다.

"진군한다!"

유시걸이 소리치자 땅의 울림과 동시에 대군이 움직이기 시작했다.

* * *

백태진은 쉬지 않고 계속해서 이동한 결과 깊은 밤중에 마교의 본거지에 도착할 수가 있었다.

백태진은 마교에 도착하자마자 교주가 있는 마주전으로 향했다.

"……"

백태진은 굳은 얼굴로 마주전으로 들어섰다.

마주전에 들어서니 교주 연대후가 위엄 있는 모습으로

앉아 있었다.

"교주님을 뵙습니다."

"상당히 빨리 돌아왔군."

"시간이 없어서 서둘렀습니다."

"그렇군……. 그래, 자네가 이곳에 다시 찾아온 이유는 무엇인가."

"전쟁을 막기 위함입니다."

"……."

백태진의 말에 연대후는 침묵했다. 최근에 이런 말을 백태진의 입에서 한 번 들었기 때문에, 연대후의 입에서 나온 대답도 그때와 같았다.

"전쟁을 막을 수는 없네."

"이 모든 것은 오해로부터 비롯된 것입니다. 정파도 파림에게 속아서 마교 지부를 공격했습니다. 정말로 마교를 공격할 생각은 아니었습니다."

"본의가 있었든 없었든, 그건 중요한 것이 아니네. 중요한 것은 정파가 마교를 공격했다는 사실이지. 그것 하나만으로도 전쟁을 일으킬 구실은 충분하네."

"파림의 우두머리를 잡아오겠습니다. 그리고 그 녀석에게 말하도록 시키겠습니다. 이 모든 것은 자신이 저지른 것이었다고."

"......."

연대후는 백태진에게 정말로 그렇게 할 수 있겠냐고 물으려고 했지만 관두었다.

백태진이라면 분명히 그렇게 할 수 있다고 대답할 것이 뻔했기 때문이다.

저 두 눈을 보면 알 수 있었다.

"그래, 그렇게 하면 전쟁을 막을 수 있다고 생각해 보지, 하지만 자네에게 주어진 조건은 너무나도 열악하네. 주어진 시간도 적고 적의 본거지도 모르며, 본거지에 간다고 하더라도 자네의 힘으로 적을 제압할 수 있을지도 불확실하지. 모든 것이 불확실해."

"분명, 제게 주어진 것들은 너무나도 열악합니다. 하지만 저는 끝까지 포기하지 않을 겁니다."

연대후는 더 이상 백태진에게 말해봤자 소용이 없다는 것을 깨달았다. 그리고 한편으로는 백태진에게 기대감을 가졌다.

모두가 불가능하다고 생각했던 만독과를 가지고 온 것도 그가 아니던가. 이번에도 기적을 일으킬 수 있을지도 모른다는 생각이 연대후의 머리 한구석에 조금이나마 존재했다.

"그리고 어쩌면… 열악한 조건 중에 한 가지를 없앨 수 있을지도 모릅니다."

"없애다니?"

"적의 본거지, 어쩌면 알아낼 수 있을지도 모릅니다."

"어떻게 알아내겠다는 것이냐?"

"본거지의 행방은 교주님에게 달려 있습니다."

"내게?"

백태진의 말에 연대후는 의아한 얼굴이 되었다.

자신이 파림의 본거지를 알았다면 진작에 백태진에게 말해줬을 것이다.

자신도 모르는 곳을 알고 있다고 백태진이 말하니 의아해할 수밖에 없는 것이다.

"교주님, 혹시 귀령검에 대해서 알고 있습니까?"

"귀령검… 자네가 그걸 어떻게 알고 있는 것인가."

"역시나… 알고 계셨군요."

"당연히 알고 있을 수밖에 없지. 마교의 마검이었던 검이니까."

연대후가 과거형으로 말하는 이유는 그 검이 지금은 존재하지 않는다는 것을 의미했다.

"자네… 그 검의 행방을 알고 있는 것인가?"

"우연히 저는 귀령검을 손에 가질 수 있었습니다. 그리고 그 귀령검을 가진 후로 어떤 세력의 공격을 받게 되었죠."

"……"

연대후는 이제 백태진이 무슨 의도로 귀령검 얘기를 꺼냈는지 알 수 있었다.

"자네를 공격한 세력은 파림이겠군."

"그렇습니다. 그래서 저는 생각했습니다. 귀령검과 파림 사이에는 연관이 있을 것이라고. 적마검 선배께 물어보니 귀령검은 마교와 관련된 물건이었습니다. 뭔가 짐작 가는 것이 있습니까?"

"…지금 귀령검은 어디에 있나?"

"모릅니다. 저도 한 번 귀령검에게 인격을 지배당해, 그 이후에 귀령검을 잃어버렸습니다."

"용케 제정신을 유지하고 있군."

"…귀령검은 도대체 무엇입니까?"

백태진은 어쩌면 연대후에게서 또 다른 자신에 대한 정보를 얻을 수 있을지도 모른다는 생각이 들었다. 이것은 파림과는 무관한 것이었지만, 백태진에게 있어서 절실한 정보이기도 했다.

"귀령검은 옛날부터 마교에서 전해져오는 마검 중 하나라네. 그 검을 뽑는 사람은 그 검에게 인격을 지배당한다고 하지. 하지만 실상은 그런 것이 아니네. 귀령검은 단지 뽑은 사람의 내면에 존재하고 있던 어두운 부분을 밖으로 끌어내는 것뿐이지."
 "어두운 부분이라니……?"
 "평소에 감추고 싶었던 것, 인정하기 싫었던 것, 이런 것을 말하는 것이네. 대부분의 인격이 살의로 가득하거나 피에 굶주린 살인마 같은 것뿐이지."
 "……."
 '그럼 또 다른 나도 내가 평소에 남들에게 보이기 싫었던 것이란 건가?'
 백태진은 연대후의 말을 들으면서 자신의 처지와 비교해서 생각했다.
 "귀령검은 보통 사람은 뽑을 수 없네. 마음속에 깊은 어둠을 가진 인물이거나 사기를 쓰는 인물만이 사용할 수 있지. 귀령검은 사기를 몇 배나 증폭시켜 주네. 사기를 동반한 무공을 쓰는 자에게는 보물이기도 하지."
 "십마두 중에 사기를 쓰는 인물이 있었군요?"
 "…그렇네, 내가 아직 교주가 되기 전 어렸을 적이었지. 정마대전이 막 일어날 무렵, 마교에는 사기를 쓰는 마인, 수라귀혼검의 창시자가 존재했지."
 "…수라귀혼검."
 백태진은 적기욱과의 전투를 떠올렸다.
 분명히 적기욱이 사용하는 무공도 수라귀혼검이라는 이

름의 무공이었다.

"그 인물의 이름은 적무태, 그는 십마두를 하기에는 아직 젊은 나이었지만 그 압도적인 힘으로 당당히 십마두의 자리에 올랐네. 실로 대단한 자였어. 그 당시의 교주, 즉 나의 아버지는 적무태를 무척이나 마음에 들어 했다. 그래서 마교의 보둘인 귀령검까지 하사했지."

"…적무태. 그가 파림의 우두머리일 가능성이 높아졌습니다. 그는 어떻게 되었습니까? 지금은 마교에 있지 않겠죠?"

"그래… 그는 오십 년 전에 사라져 버렸어."

"오십 년 전이라면……?"

"그래, 정마대전이 일어난 때다."

"정마대전……."

오십 년 전의 정마대전. 백태진은 그때 무슨 일이 일어났는지 알지 못했다. 백태진은 조용히 연대후의 말을 기다렸다.

"오랜 싸움의 결과 정파와 마교는 깊이 지쳤다. 그래서 나의 아버지는 정파 쪽에서 먼저 걸어온 휴전을 승낙했지. 하지만 이 휴전에 반대하는 사람이 있었다. 그 인물이 바로 적무태지. 적무태는 마교가 무너지는 한이 있더라도 끝까지 정파와 맞서 싸워야 한다는 극 호투파였다."

"설마 이번에 정마대전을 일으킨 이유가 그때의 전쟁을 끝내지 못했기 때문입니까?"

"그럴 가능성이 높겠지… 파림의 우두머리가 정말로 적무태라면, 불찰이군. 설마 파림의 우두머리가 마교 인물이었을 줄이야……."

"그는 이미 마교에 소속된 인물이 아닙니다. 교주님께서 책임을 느끼실 필요는 없습니다."

"아닐세, 그래도 한때는 마교의 십마두였던 자다. 책임이 완전히 없다고는 할 수 없어."

연대후는 적무태가 이 사건의 장본인이라는 것을 알자 상당히 충격을 받은 듯했다.

그리고 지금까지 적무태를 가만히 두었던 자신의 불찰에 분노하고 있었다.

"이걸로 자네가 싸워야 할 상대가 누구인지 알게 되었군."

"…아직까지는 추측에 불과하지만 아마 확실하겠죠."

"그가 분명할 것이다."

"그럼 혹시 적무태가 있을 만한 곳으로 짐작되는 곳이 있습니까?"

백태진은 드디어 연대후에게 귀령검의 얘기를 꺼내었던 최종 목적을 물어보았다.

"적의 정체를 완전히 몰랐던 때라면 몰랐겠지만, 상대가 적무태라는 것을 알게 된 이상, 짐작 가는 곳이 있다."

연대후는 상당히 오래전부터 적무태의 행방을 추적하고 있었다.

그가 죽었을 것이라고는 생각하지 않았기 때문에 귀령검을 가지고서 마교에서 탈주한 적무태를 찾아내어 제거하려고 하였다. 배신자의 뒤처리와 귀령검을 회수하기 위함이었다.

그 결과 최근에 적무태가 있는 장소를 발견할 수는 있었지만, 여러 가지 여건으로 인하여 목적을 실행에 옮길 수는 없었다.

마교는 정마대전으로 힘을 키우는데 급급했고, 적무태의 강함을 알고 있었기 때문에 섣불리 움직일 수 없었기 때문이다.

최근에는 독에 중독되기까지 하여 적무태에 관한 것은 거의 잊고 있었다.

그런데 이번 사건을 일으킨 주범이 적무태라니, 이건 상당한 우연이 겹친 일이었다.

"냉하의 귀곡. 그곳에 적무태가 있었다는 보고를 받았다."

"냉하의 귀곡……."

냉하라면 백태진이 최근에 있었던 곳이었다. 바로 근처에 적이 있었는데도 그 사실을 몰랐던 자신이 한심스러웠다.

"이곳에서 출발하면 적어도 사흘은 걸리는 곳이네."

"알고 있습니다. 그것도 쉬지 않고 이동할 때의 시간이죠. 감사합니다. 적의 본거지를 알았으니 남은 것은 출발하는 일 뿐입니다."

"그래… 자네에게 아무런 힘도 되어주지 못해서 미안하네. 본래라면 마교가 처리해야 할 일을 자네에게 맡겨 버렸으니……."

"지금은 전시 상황입니다. 전력을 뺄 수 없다는 것을 정도 충분히 이해하고 있습니다."

"알아주니 고마울 뿐이네."

백태진은 그렇게 말하면서도 속으로는 상당한 갈등을 하고 있었다.

확실히 단신으로 파림에게 쳐들어가는 것은 무모한 일이었다.

적무태와 싸워서 이길 자신은 있었지만, 자신감과 오만함은 별개다.

'과연 내 힘이 어디까지 통할까……. 나는 예전보다 강해졌다. 하지만 그것이 파림에게 단신으로 쳐들어갈 수 있을 만큼 강해졌다고 할 수 있는가?

예전과 현재의 자신을 비교한다면 비교할 수 없을 정도로 강해진 것은 사실이지만, 그 힘을 시험할 곳은 없었다. 만독과를 찾을 때 잠깐 힘을 시험했다고 할 수 있겠지만, 그건 어디까지나 비무가 아니었다.

영물과 싸우는 것과, 무인과 싸우는 것은 확실히 다른 것이었다.

그때였다. 마주전의 입구가 열리며 그곳에서 한 여성이 모습을 드러냈다.

"…나련아."

연대후는 마주전으로 들어선 자신의 딸을 보고서 불길한 생각이 들기 시작했다.

"이곳에 무슨 일로 왔느냐! 지금 나와 백 공자가 얘기하는 것이 보이지 않느냐? 어서 나가라!"

"구례를 범한 것은 죄송합니다. 하지만 두 사람의 대화를 듣고 말았습니다."

"함께 떠나겠다는 소리는 하지 마라. 놀러 가는 것이 아니다. 목숨이 몇 개라도 부족해."

연대후는 연나련이 무슨 말을 할지 알 수 있었다. 그래서 사전에 연나련의 말을 차단해 버렸다.

"하지만 백 공자님은 목숨을 무릅쓰고 아버님의 목숨을

살려주었습니다. 저는 그것을 모른 척 할 수가 없습니다!"

"그것과 이것은 다른 문제다!"

"아니요. 다른 문제가 아닙니다. 백 공자님은 지금 수많은 사람의 목숨을 살리기 위해서 목숨을 걸고 싸우러 가시는 겁니다. 그런데 마교에서 제 몸을 사리기 급급하여 아무런 도움도 주지 않다니……. 저는 도저히 마교의 그런 행동을 용납할 수 없습니다! 아버님… 교주의 긍지는 어디에 두신 겁니까! 정말 이대로 백 공자님을 혼자 보내실 생각이십니까?"

"……."

연나련이 연대후에게 이렇게까지 대드는 것은 처음이었다.

연대후는 옳은 소리를 하는 연나련의 말에 스스로 부끄러움을 느꼈다.

자신이 해결했어야 할 문제를 모두 백태진에게 맡기고 있다는 사실을 외면하려고 하였으나, 그것이 연나련의 말을 통해서 외면할 수 없게 되었다.

"네 말은 옳다… 하지만 그렇다고 너를 보낼 수는 없어! 너는 이 마교의 소교주이자 나의 딸이다. 죽을 것을 알면서도 딸을 보내는 아비가 어디에 있다는 것이냐?"

연대후의 말에 연나련은 웃으며 말했다.

"백 공자님을 따라가 죽는다면, 저는 결코 후회하지 않을 것입니다."

"너……."

연대후는 그 순간 깨달았다.

연나련이 백태진을 사모하고 있다는 사실을.

설사 연대후가 말릴지라도, 연나련은 백태진을 따라갈 것이라는 사실을.

연대후는 백태진을 노려보았다.

"백 공자… 아니, 백태진. 내 딸을 지켜줄 수 있겠는가……!"

"소교주님을 동행시킬 생각이십니까? 그건 안 됩니다. 제가 갈 곳은……."

"지켜줄 수 있겠냐고 묻고 있다."

"……."

백태진은 연대후의 말에서 느껴지는 묵직함에 침묵했다. 그리고 연나련을 한 번 바라본 후, 연대후에게 대답했다.

"최선을 다해서 지킬 것입니다."

"최선을 다해서라……. 좋다. 그럼 이곳에서 네 힘을 시험해 보도록 하겠다."

"……."

"내 일격조차 막아내지 못한다면 적무태를 이길 수는

없다."

 백태진은 연대후가 진심으로 자신을 공격할 것이라는 것을 직감했다.

 백태진은 긴장한 얼굴로 검을 뽑았다.

 백태진이 검을 뽑자, 연대후는 자리에서 일어나 자세를 취했다.

 연대후가 자세를 취함과 동시에 연대후에게서 짙은 마기가 뿜어져 나왔다.

 '…강하다.'

 아직 병상에서 일어난 지 얼마 되지도 않았는데 연대후에게서 중후한 마기가 느껴지자, 백태진은 연대후의 강함에 놀라고 있었다.

 "지금부터 내가 공격에 사용할 것은 나의 무공, 무수마장권(無手魔葬拳)의 절기, 마제강권(魔諸降拳)이다. 이걸 버틸 수 있다면 내 딸을 너와 함께 보내도록 하지."

 "……."

 당장에라도 빨려 들어갈 것만 같은 연대후의 기세에, 백태진은 숨조차도 멈추고 있었다.

 "그건 안 돼요! 아버님이 그걸 사용하시면 백 공자님은 반드시 죽어버려요!"

 연나련은 연대후의 강함을 알고 있었다. 그리고 연대후

의 마제장권은 무수마장권의 초식 중에서도 파괴력으로는 으뜸이었다. 그걸 연대후가 사용하면 살아남을 수 있는 자는 아무도 없을 거라는 것을 연나련은 알고 있었다.

아무리 연대후가 독으로 약해져 있었다고는 하지만, 그는 마교의 교주였다.

이 무림에서 강함으로 따지자면 으뜸을 가릴 정도의 실력을 가진 자다.

"이걸 못 막는다면 둘 다 파림으로 보내지 않겠다. 어차피 적무태에게 안 될 실력으로 떠나봤자 괜한 목숨만 낭비할 뿐이니까."

"저는 반드시 냉하로 갈 것입니다."

"그렇다면 나의 공격을 막아보아라!"

연대후는 그렇게 말하면서 동시에 백태진을 향해 주먹을 날렸다.

백태진과 연대후는 주먹이 닿을 거리에 있지는 않았지만, 백태진은 연대후가 움직이는 것과 동시에 주변을 경계했다.

'…위!'

백태진은 자신의 머리 위에서 느껴지는 위화감에 시선을 위로 향했다.

그러자 그곳에서부터 거대한 주먹이 자신의 머리를 향해

떨어지고 있는 것이 아닌가.

'저 주먹은 도대체…!'

더 이상 그 주먹이 무엇인지 생각할 시간은 없었다. 중요한 것은 그 거대한 주먹이 자신의 머리를 향해 내려오고 있다는 것이다.

백태진은 자신의 모든 내력을 끌어내어 검을 머리 위로 향했다.

쿠웅—

거대한 주먹이 백태진의 검과 맞부딪히는 것과 동시에 백태진의 두 다리가 바닥에 깊이 박혔다.

'묵직하다……!'

이대로라면 자신이 땅속 깊이 박혀 버릴 것만 같았다.

'안 돼… 이대로 죽을 수는 없어! 나는 반드시 해야 할 일이 있다!'

백태진의 간절함에 반응하듯, 갑자기 백태진의 내력에 사기가 섞이기 시작했다.

백태진의 내력에서 사기가 느껴지자, 연대후의 두 눈이 커졌다.

"…과연, 그런 것이었나."

연대후는 그 순간 알아버렸다. 백태진이 자신의 공격을 막아낼 것이란 사실을.

"으아가아아!"

백태진은 기합과 함께 자신의 검에 사기와 자신의 내력을 주입하여 검강을 만들어냈다.

그리고 그 검강을 자신의 머리 위에 있는 주먹을 향해 휘둘렀다.

그러자 도저히 사라질 것 같지 않았던 거대한 주먹이 반으로 갈라지더니, 그 형체가 사라져 버렸다.

"헉… 헉……."

백태진은 상당히 지친 듯 당장에라도 쓰러질 것만 같았다.

연나련은 백태진이 연대후의 마제강권을 막아낸 광경을 놀란 눈으로 보다가, 백태진이 쓰러지려고 하자 급하게 달려가 백태진을 부축했다.

"막아냈군… 좋다, 합격이다."

연대후는 그렇게 말하고서 난장판이 된 마주전을 뒤로하고 그곳을 나가 버렸다.

"백 공자님 괜찮으세요?"

"아… 아무래도 살아 있는 것 같네요."

"아버님이 진심으로 백 공자님을 공격하다니……. 아버님을 대신해서 사과드릴게요."

"아닙니다… 교주님의 말도 일리가 있으니… 약하다면

냉하로 가는 것보다 이곳에 남는 것이 낫겠죠."

"…백 공자님은 약하지 않아요."

연나련의 말은 진심이었다.

세상에 마교 교주의 전력이 담긴 공격을 막아내는 자를 향해 누가 약하다고 말하겠는가.

"이걸로 자신감이 생겼습니다. 제 힘에 대한 확신이 없었는데… 적무태를 쓰러뜨릴 수 있겠습니다."

"…네, 공자님이라면 해내실 수 있을 거예요."

"그런데 연 소저… 정말로 저를 따라오실 생각이십니까?"

"네. 이번에는 무슨 일이 있더라도 함께하겠어요."

"…죽을 지도 모릅니다."

"아까도 말했었죠? 목숨을 잃을 지라도, 아깝지 않습니다."

연나련은 결코 물러날 것처럼 보이지 않았다. 백태진으로서도 전력이 늘어나는 것은 기쁜 일이었으나, 연나련이 동행하는 것을 순순히 기뻐할 수만은 없었다.

"…연 소저, 어찌하여 저를 이렇게까지 걱정해 주시는 겁니까?"

"그건……."

연나련은 한순간 백태진에게 자신의 마음을 말하려고 하

였으나, 그만두었다. 지금은 그런 것을 말할 때가 아니었기 때문이었다.

"공자님이 제게 도움을 주신 것이 많기 때문입니다. 은혜를 갚는 것이 제 신조입니다."

"…그렇습니까. 그렇게까지 말하신다면 더 이상 말릴 수도 없겠군요. 교주님의 허락도 떨어졌으니……."

백태진은 그렇게 말하면서 검을 집어넣었다.

"그럼… 가볼까요. 파림으로."

"네."

그렇게 백태진은 연나련이라는 조력자와 함께 파림의 본거지를 향해 출발하게 된 것이었다.

第五章
어긋남

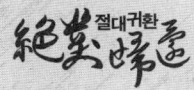

"이곳이… 귀곡이란 곳인가요?"

남궁설린과 유세영은 적마검과 합류한 뒤로 며칠을 수소문해 백태진이 있을 만한 파림의 본거지를 찾아왔다.

적마검이 알아낸 파림의 본거지의 단서는 귀곡이었고, 귀곡 어딘가에 파림의 본거지가 존재한다는 것이었다.

세 사람은 수소문 끝에 귀곡으로 보이는 입구에 도착할 수가 있었다.

"그렇지 않을까? 한눈에 봐도 으스스한 것이, 귀곡이라는 이름이 딱 들어맞는 곳인 것 같군."

적마검의 말대로 남궁설린의 앞에 펼쳐진 광경은 당장에라도 귀신이 튀어나올 것만 같았다. 가파른 경사가 양쪽으로 높이 세워져 있었고, 정오가 지난 시간임에도 안개가 자욱하게 끼어 있어 한치 앞도 내다볼 수가 없었다.

마치 지옥의 입구와도 같은 곳이었고, 실제로 이곳에 들어가면 지옥으로 향할 것 같은 기분마저 들었다.

"여기에 오빠가 있다는 거지?"

"아직 확실하지는 않지만, 아마도……."

"어서 찾아서 데리고 오자. 이런 곳에는 조금도 있기 싫어."

"그래, 빨리 가가를 찾아보자."

남궁설린과 유세영은 그렇게 말하고서는 귀곡을 향해 발을 내디뎠다.

"잠깐, 너무 성급하게 들어가지 마."

하지만 곧 적마검의 저지에 의해 두 사람은 발걸음을 멈추었다.

"왜 그래요, 할아버지? 서두르지 않으면 오빠에게 무슨 일이 생겼을 지도 모른다구요."

"그래요, 어르신. 어서 서두르는 것이 좋을 것 같습니다."

"일은 서두르다 보면 망치기 일쑤다. 우선 이 안개가 걷

히기를 기다리도록 하자. 이런 안개라면 어딘가에서 습격을 받아도 제때에 대처할 수가 없어."

적마검의 말은 논리적이었으나, 남궁설린은 당장에라도 귀곡으로 들어가고 싶다는 마음이 너무나도 컸다.

"하지만 이 안개가 언제 걷힐지는 모르지 않습니까? 어쩌면 평생 사라지지 않을 수도 있어요."

"그렇다면 적어도 시야는 확보할 수 있을 정도로 안개가 약해지기를 기다리도록 한다. 지금은 너무 안개가 짙어."

"하지만……."

"너희들이 서두르는 이유는 알겠다만, 이곳에선 경험 많은 내 말을 들어라."

"……."

남궁설린은 결국 적마검의 말을 따를 수밖에 없었다. 확실히 자기보다는 적마검이 훨씬 이런 쪽으로 경험이 많았고, 적마검의 말을 들으면 살아남을 확률이 더 높을 것이다.

자신 말고 유세영도 있었기에, 더 이상 고집을 피울 수도 없었다.

남궁설린과 유세영이 자신의 뜻을 따르는 것 같아보이자, 적마검은 벽으로 다가가 기대어 앉았다.

"이참에 쉬어둬라, 협곡 안으로 들어가면 쉴 틈은 없을 테니까-."
 적마검의 말에 두 사람도 벽에 기대어 앉았다. 어차피 안개가 걷힐 때까지 할 일은 없었다. 적마검의 말대로 앞으로의 일을 대비해서 체력을 보존해 두는 것이 상책이었다.
 "주먹밥, 먹을 거냐?"
 어느새 적마검은 어디에서 꺼냈는지 주먹밥을 들고 있었다. 하나는 자신이, 나머지 두 개는 남궁설린과 유세영에게 권하고 있었다.
 "아… 감사합니다."
 남궁설린은 적마검에게서 주먹밥을 받아 들어 하나를 유세영에게 내밀었다.
 "난 괜찮아……."
 남궁설린이 내민 주먹밥을 유세영이 거절하자, 남궁설린은 걱정스런 얼굴로 유세영을 보며 말했다.
 "억지로라도 먹어둬, 이 앞으로는 먹을 것도 제대로 못 먹어."
 "……."
 남궁설린의 말에 유세영은 주먹밥을 응시하더니 결국에는 주먹밥을 받아 들고서 우걱우걱 씹기 시작했다. 먹다 보니 꽤 맛있는 듯 유세영은 빠른 속도로 주먹밥을 먹어 치우고 있었다.

그 모습을 보고서 안도한 남궁설린도 주먹밥을 한입 베어 물었다.

평범한 외관과 비교하면 주먹밥은 생각보다 맛있었다. 적마검이 언제 이런 것을 준비했는지 모르지만, 이런 사소한 것만 보아도 적마검과 자신의 경험의 차이를 알 수 있었다.

그때, 남궁설린은 유세영이 자신을 빤히 쳐다보는 시선을 느꼈다. 자세히 보니 유세영의 시선은 남궁설린이 아니라, 남궁설린이 들고 있는 주먹밥을 향해 있었다.

'언제는 안 먹는다고 하더니……'

자신이 주먹밥을 빤히 쳐다보고 있다는 사실을 깨달은 듯, 유세영은 화급히 고개를 돌렸다. 하지만 힐끔힐끔 주먹밥을 쳐다보는 것은 숨길 수가 없었다.

결국 남궁설린은 자신의 주먹밥을 반으로 떼어 반쪽 하나를 유세영에게 내밀었다.

"자, 어서 먹어."

"아, 아니야! 언니 것을 어떻게 먹어."

"난 별로 배는 안 고프니까. 중요한 순간에 배가 고파서 싸우지 못하면 안 되잖아?"

"……."

유세영은 결국 남궁설린에게서 주먹밥을 받아 들었다.

그리고 그개를 푹 숙이고 부끄러운 듯 홍조를 띠우며 주먹밥을 먹었다.
 적마검은 그런 두 사람을 보며 두 사람이 정말로 자매 같다는 생각을 하였다.
 그리고 왠지 저 두 사람 사이에 뭔가가 빠진 듯한 느낌을 지울 수가 없었다. 원래대로라면 저 둘 사이에는 백태진이 있어야간 했다.
 "어르신, 이 안으로 들어가면… 가가를 만날 수 있는 거겠죠?"
 "…장담할 수는 없다. 어디까지나 추측에 불과하니까."
 적마검의 말에 남궁설린은 급격하게 표정이 어두워졌다. 유세영까지 덩달아 표정이 어두워지자, 적마검은 당황하며 말했다.
 "그래도 높은 확률로 있을 거야, 그 녀석이 노리고 있는 것도 파림의 본거지일 테니까. 그러니까 너무 걱정하지 마. 곧 만날 수 있을 거다."
 적가검의 말을 들은 두 사람은 조금 안심이 되는 듯 표정이 아까보다는 밝아 보였다.
 "그럼 이제 슬슬 출발하도록 할까. 아까보다는 훨씬 안개가 걷힌 것 같으니."
 적마검은 그렇게 말하면서 자리에서 일어났다. 적마검의

말대로 시간이 조금 지났을 뿐인데 짙었던 안개는 어느 정도 시야가 확보될 정도로 사라지고 없었다.

"조금 기다렸을 뿐인데 안개가 꽤 걷혔어요."

"두 사람의 마음을 천지신명께서 알아주신 것이 아닐까?"

적마검의 농담에 두 사람은 피식 웃었다.

'다시 기운을 차렸군.'

적마검은 두 사람이 완전히 기운을 차린 듯하자 마음 놓고 귀곡으로 들어서도 괜찮다고 생각했다. 아까 전의 두 사람이었다면 전투에서 제 기량을 완전히 발휘하지 못했을 것이기 때문이다.

"이제부터 주의할 것이 세 가지 있다."

"……"

적마검이 귀곡으로 들어가기 전 남궁설린과 유세영을 향해 손가락 세 개를 펼치며 말했다. 두 사람은 침묵하며 적마검의 말에 집중했다.

"첫째는 항상 내가 선두에 서서 이동할 것, 둘째는 내 지시를 반드시 따를 것, 셋째는 너희들의 목숨을 소중히 하는 것이다. 너희들이 죽으면 그 녀석도 슬퍼할 것이다. 이 조건들을 지켜줄 수 있겠나?"

"네."

"지킬게요."

"좋아."

두 사람에게서 만족스런 대답을 들은 적마검은 귀곡의 진입 방향으로 몸을 돌렸다. 그리고 천천히 귀곡을 향해 걸어가기 시작했다. 두 사람도 적마검의 말대로 뒤편에서 발걸음에 맞추어 걸었다.

그렇게 약 한 시진 정도 안으로 들어갔을 때였다.

'점점 안으로 들어갈수록 사기가 짙어지는군.'

적마검은 입구와 비교해 현재 위치에서 사기를 몇 배 더 짙게 느꼈다. 사기가 짙어지고 있다는 것은 파림의 본거지와 가까워지고 있다는 의미였다. 백태진에게서 파림이 사기를 이용한 무공을 쓴다는 얘기는 이미 들었다. 본거지의 사기는 이곳과 비교하면 상대도 안 될 정도로 짙을 것이다.

그때, 적마검은 양 절벽 위에서 인기척을 느꼈다. 안개 때문에 제대로 보이지는 않았지만, 그곳에 무언가가 있다는 것은 알 수 있었다.

적다검은 손을 들어 뒤에 있는 두 사람에게 멈추라고 신호를 보냈다. 적마검이 손을 들자 두 사람은 긴장하며 제자리에 멈춰 섰다.

"……."

적가검은 숨을 죽이며 주변을 경계했다. 잠시 정적이 흘렀다. 그리고 이윽고 그 정적을 깨뜨리는 소리가 들려왔다.
 피슝—!
 적마검은 자신에게 날아오는 화살을 검으로 막아냈다.
 "화살……?"
 "또 날아온다! 경계해!"
 피슈슈슈슈슝—!
 적마검의 말이 끝나기도 전에 화살이 쏟아지는 소리가 양쪽에서 무수히 들렸다.
 그리고 협곡을 다 덮을 정도로 수많은 화살이 세 사람의 머리 위로 떨어졌다. 저 많은 화살을 피하는 것은 적마검도 불가능했다.
 "어, 어떡하지? 쳐내면 되는 건가?"
 "언니, 어떡해!"
 이런 상황을 처음 겪어본 두 사람은 어찌할 바를 몰라 하며 허둥지둥 거리고 있었다.
 "검풍이다! 검풍으로 날려 버려라!"
 적마검이 이 상황을 타개할 방법을 말하자, 두 사람은 본능적으로 화살이 날아오는 쪽을 향해 검을 휘둘렀다.
 두 사람의 검에서 각각 세찬 검풍이 흘러나왔다. 그리고 마지막으로 적마검이 대검을 휘두르자 폭풍과도 같은 바람이 휘몰아치더니 협곡을 향해 날아왔던 화살들이 전부 적마검에게 도달하기도 전에 날아가 버렸다.

"막아냈어······."

남궁설린은 화살을 전부 막아낸 것이 믿기지 않은 듯 약간 정신이 멍한 상태였다.

남궁설린의 멍한 정신이 되돌아오기도 전에 화살을 쏘던 사람들이 절벽 아래로 뛰어내렸다. 활로는 세 사람을 죽이기가 불가능하다고 판단하고서 근접전을 치르기 위해서 뛰어내린 것이다. 당연히 그들 모두는 파림의 무인이었다.

"알아서 내려와 주니 고맙군!"

적마검은 본능적으로 협곡을 따라 내려오는 적들을 향해 검을 휘둘렀다.

적마검의 붉은빛 칼바람에 꽤 많은 적이 지상에 도달하기도 전에 사망해 버렸다.

바로 옆에서 동료가 죽었는데도 파림의 무인들은 움직임을 멈추지 않았다.

곧바로 적마검에게 달려들어 일사불란하게 공격을 했다.

한쪽 편에 있던 적들을 적마검 혼자서 도맡으니, 나머지 쪽에서 내려오는 적들은 자연스럽게 두 사람의 몫이 되었다.

"잘할 수 있지?"

"당연하지, 내가 누구라고 생각하는 거야. 저런 녀석들을 물리치는 일쯤은 쉽다고."
 유세영은 그렇게 말하고서 검을 쥔 상태로 적들을 향해 달렸다. 남궁설린도 유세영의 뒤를 따라 이동했다.
 유세영이 파림의 무인들에게 가까워지자, 무인들은 한 치의 망설임도 없이 유세영을 향해 검을 휘둘렀다. 유세영은 또한 자연스럽게 그 공격을 피하고서 동시에 검을 휘둘렀다.
 털썩—
 유세영의 손에 벌써 한 사람이 쓰러졌다.
 "세영아! 포위되지 않도록 계속해서 움직이면서 싸워!"
 남궁설린은 그렇게 말했지만 자신도 긴장을 늦출 수는 없는 상황이라 곧바로 전투에 집중했다.
 '이 주변 인물들의 움직임에 집중하자…….'
 남궁설린은 최대한 감각을 끌어올려 자신을 공격하는 수많은 인물의 움직임을 하나하나 관찰했다.
 그러자 남궁설린 본인도 인지하지 못할 정도로 그녀의 감각이 예민해졌고, 적들의 움직임 하나하나가 선명하게 느껴졌다.
 '이게 어떻게 된 일이지? 지금이라면 전부 피할 수 있을 것만 같아.'
 수많은 적이 남궁설린을 향해 검을 휘둘렀지만, 남궁설

린은 너무나도 편안하게 그 공격들을 피하고 있었다.

 남궁설린이 공격을 모두 피하자, 적들은 당황하기 시작했다.

 "뭐 하는 거야! 제대로 공격해!"

 "하고 있어! 하지만 이 여자… 아무리 휘둘러도 전부 피해 버린단 말이야!"

 거의 남궁설린에게 몰려 있는 적들은 계속해서 공격을 하면서도 뭔가를 베는 감촉을 느끼지 못했다.

 "언니……!"

 유세영은 자신을 공격한 적을 모두 베어버리고 남궁설린을 보았다.

 남궁설린에게 적이 모두 몰린 덕분에 자신을 공격하는 적의 수는 적었다. 그래서 서둘러 적들을 해치우고 남궁설린을 도와주려고 하였으나, 검을 이리저리 움직이며 피하는 남궁설린을 보면서 한순간 그 자리에 멍하니 서 있었다.

 '평소의 언니의 움직임이 아니야… 저건…….'

 그때, 적을 모두 베어버린 적마검이 유세영의 곁으로와 남궁설린을 보면서 감탄하듯 말했다.

 "지금 저 아이는 싸우는 도중에 깨달음을 얻은 듯하구나."

 "깨달음이라니… 그런 것을 전투 도중에 얻을 수 있는 것이에요?"

 "그게 저 아이의 무공의 특성이겠지. 잘 보아라, 지금 저 애가 무슨 짓을 벌이려고 하는 지를."

 "……."

 적마검의 말에 유세영은 남궁설린을 집중하여 쳐다보았다.

 적들은 남궁설린의 움직임을 조금도 따라오지 못했다. 적이 검을 휘두를 때는 이미 남궁설린은 저 멀리 사라지고 없었다.

 자신이 적의 공격을 피하는 것과는 또 다른 차원의 것이었다.

 '나의 휘극무중검과 비슷하지만 뭔가 다르다. 언니는 적이 검을 휘두르기도 전에 피하는 것처럼 보여.'

 자신은 적이 검을 휘두르는 것을 보고서 재빠른 움직임으로 공격을 피하는 것이지만, 남궁설린은 유세영에 비해서 움직임이 그렇게 빠르지도 않는데 적들의 공격을 피하고 있었다.

 그때, 유세영은 어떤 생각이 번뜩 떠올랐다.

 '말도 안 돼, 설마 그런 것이 가능할 리가…….'

 유세영이 믿을 수 없다는 표정을 짓자, 적마검은 유세영을 보며 피식 웃으며 말했다.

"너도 깨달았나보군. 그래, 지금 저 아이는 적이 공격을 하기도 전에 공격을 피하고 있다. 왜일까? 간단하지. 저 아이에게는 보이는 거야. 적들이 앞으로 어떻게 행동할 지가."

"어떻게 그런 것이 가능한 거죠?"

"뛰어난 안력이 있기 때문이지. 범인은 볼 수가 없는 적들의 사소한 움직임 하나하나가 저 아이에게 가르쳐 주고 있다. 어떻게 하면 공격을 피할 수 있고, 어떻게 하면 반격을 할 수 있을지를. 지금 저 아이를 기준으로 둥그런 원이 그려져 있다고 생각해라. 그 범위 내의 모든 공격은 피할 수 있을 거야."

"그런… 굉장해요! 그러면 아무도 언니를 공격할 수 없다는 거잖아요?"

"그래… 무서운 재능이지. 백태진 녀석에 견줄 재능을 가진 아이가 있었을 줄이야. 그저 지금까지 꽃을 피우지 못한 것이군."

"……."

유세영은 남궁설린이 자신의 모든 재능을 꽃피우고 있는 현재의 모습을 두 눈에 새기려는 듯 집중해서 그녀를 보았다.

'지금이라면 무엇이든지 피할 수 있을 것 같아.'

남궁설린은 자신도 깨닫지 못하는 사이에 유정무월검을 대성하고 있었다.

 유정무월검을 대성하면 저절로 생겨나는 기술, 무월(無月). 남궁설린을 기준으로 반경 삼 촌 이내에 있는 적들의 공격은 무엇이든지 피할 수 있다. 그리고 반격의 활로 또한 찾을 수 있었다.

 "흑……!"

 남궁설린은 처음으로 적의 공격을 피한 동시에 적을 베었다. 남궁설린의 공격은 너무나도 깔끔하게 들어갔다. 칼에 베인 적조차도 자신이 검에 베였다는 것을 알지 못할 정도로 깔끔했다.

 '적의 허점이 너무나도 쉽게 보인다.'

 훨씬 전에 적들의 허점을 발견한 남궁설린이지만, 지금까지 그 허점을 노려서 공격하는 것을 망설인 이유는 그것이 정말로 상대의 허점인지 고민이 되어서였다.

 허점을 발견한다는 것이 그렇게 쉬운 일은 아니다. 그것도 다수와 상대하고 있는 경우에는 더더욱 찾기 어려웠다.

 그래서 자신이 찾은 허점에 믿음을 가지지 못했던 남궁설린이지만, 처음으로 공격이 통하자 다음은 수월했다. 자신이 발견한 것이 진짜 허점이라는 것을 알게 된 것이다.

 남궁설린의 공격이 불이 붙기 시작하자, 적들은 속수무

책으로 쓰러져 갔다.

남궁설린이 검을 한 번 휘두를 때마다 적이 쓰러진다. 마치 검후가 살아 돌아온 것만 같은 광경이었다.

"대단하군……."

적마검의 입에서 짤막하지만 남궁설린을 인정하는 말이 나왔다. 적마검이 남궁설린을 인정한다는 것은 그녀 또한 고수의 반발에 올랐다는 것이 되었다.

"대단해… 정말로 대단해!"

유세영은 남궁설린의 강함에 매료되어 버릴 것만 같았다. 자신과 비슷하지만 차원이 다른 강함. 자신과 비슷할 줄로만 알았는데, 어느새 남궁설린은 자신이 다가갈 수 없을 정도로 강해져 있었다.

"……."

피가 묻은 검을 쥐고서, 남궁설린은 무수한 시체 사이에 서 있었다.

"이건… 전부 내가 한 것인가."

남궁설린은 자신의 손에 묻은 피와 주변에 널브러진 시체들을 보며 비로소 조금 전 자신이 한 일들을 실감할 수 있었다.

"언니—!"

그때, 유세영이 남궁설린을 향해 달려왔다. 그리고 바로 남궁설린의 품에 쏙 안기며 신난 듯 말했다.

"대단해—! 언제 그렇게 강해진 거야?"

"아… 그게, 나도 몰라."

"뭐야, 아무것도 안했는데 강해졌다는 거야? 이거 살짝 질투 나는걸."

"하하……."

유세영의 말에 남궁설린은 그저 살짝 웃어 보이기만 했다. 아까 말했던 것처럼, 남궁설린은 자신이 왜 이렇게나 달라졌는지 그 이유를 알지 못했다. 그것도 이렇게 단기간에 강해질 만한 특훈을 한 것도 아니었다. 딱 하나 짐작 가는 것이 있다면, 그것은 남궁태의 앞에서 한 맹세였다.

단지 그것 하나만으로 단기간에 강해진 것을 설명할 수는 없었으나, 현재는 그것이 가장 유력한 이유였다.

"상당히 강한 무공이군. 그 무공은 누구에게서 배웠지?"

멀찍이 떨어져서 두 사람을 지켜보던 적마검이 남궁설린의 곁으로 다가와 말했다.

"…제 할아버지에요."

"네 할아버지라면, 남궁태를 말하는 것인가?"

"그렇습니다."

"…그래, 손녀에게 좋은 것을 남겨주고 가셨군."

"……."

적마검의 말에 남궁설린은 그저 침묵했다.

적마검은 계속해서 걸어가더니, 자신들이 베었던 적들을 향해 다가갔다. 그리고 그중 한 명의 앞에 멈춰 섰다.

대부분이 적마검의 검에 싸늘한 주검이 되어버렸지만 단 한 명만이 살아남아 있었다. 옆구리에서 피가 흘러나왔지만, 곧바로 죽을 정도로 심각한 것은 아니었다.

당연히 이 남성이 살아남은 것은 적마검이 수를 썼기 때문이다.

"사, 살려주십시오!"

"당장에 죽일 생각은 없으니까 묻는 말에 대답해라. 이 귀곡 안에 파림이라는 곳이 존재하는 것이 맞나?"

"……."

"죽고 싶나 보지?"

적마검이 대검을 잡으며 말하자, 남성은 다시 공포에 질리기 시작했다. 하지만 쉽사리 입을 열 것 같지는 않았다.

"아무래도 파림이 그렇게 허술한 곳은 아닌가 보군. 정보를 말하면 죽는다… 그런 건가?"

"그, 그렇습니다! 림주는 무자비한 인물입니다. 제가 적에게 정보를 제공했다는 사실을 알게 되면 잔인하게 죽일 것입니다."

"그렇군… 알았다."

적마검의 말에 남성은 안도했다. 하지만 곧 적마검이 남성의 목 언저리에 대검을 향하자 그 안도감은 곧바로 사라져 버렸다.

"네 림주에게 죽든지, 아니면 이 자리에서 죽든지, 그건 네 선택이다. 네가 우리에게 정보를 말한다면 조금 더 살 시간이 생기겠지만, 말하지 않으면 당장 이곳에서 죽는다."

"그, 그런……."

"앞으로 열을 세겠다."

"기, 기다려주십시오!"

"십, 구, 팔……."

남성의 절박함은 상관하지 않는다는 듯, 적마검은 무자비하게 숫자를 세기 시작했다. 그리고 점점 숫자가 줄어들수록 남성의 심장은 쿵쾅거렸다.

마침내 숫자가 일까지 오자, 적마검은 그 묵직한 대검을 들었다.

"마, 맞습니다! 이곳을 따라 이동하면 파림이 있습니다!"

적마검의 대검이 남성의 머리를 내려치기 전, 간신히 내뱉은 남성의 말에 적마검은 검을 거두었다.

자신이 죽다 살아났다는 것을 실감하려는 듯, 남성은 깊게 숨을 내쉬었다.

"좀 더 자세히 말해라."

어긋남

"더 이상 무엇을……."

"파렴의 본거지로 가는 방향, 그리고 가는 길에 존재하는 적의 숫자, 위치, 림주가 있는 장소, 현재 전력의 숫자… 그런 것들 말이다."

"더 이상은 봐주십시오! 그런 것까지 말한다면 저는 정말로 림주님께 죽는 목숨입니다!"

남순은 무릎을 꿇고서 적마검의 앞에서 울고 불며 사정했지만, 적마검은 눈 하나 깜짝하지 않고서 말했다.

"그런 것은 내가 알 바가 아니다. 적의 목숨 따위……."

"그런… 그렇다면 저는 어떻게 해서든 죽는다는 소리가 아닙니까? 난… 죽기 싫단 말이다!"

남성은 공포에 질려 이성을 잃은 듯 바닥에 놓인 검을 잡고서 마지막 힘을 짜내어 적마검을 향해 검을 휘둘렀다.

두 사람 사이의 실력 차는 물론이거니와, 빈사 상태에 이른 남성의 공격이 적마검에게 통할 리는 만무했다.

적마검은 남성의 몸을 대검의 옆면으로 쳤다. 둔탁한 소리와 함께 남성은 땅을 몇 번 구르더니 뼈가 몇 군데 부러진 듯 괴로워했다.

"언니… 지금의 할아버지 무서워……."

"……."

유세영이 처음으로 적마검의 살벌한 모습을 보면서 두려

워했다. 남궁설린도 이제야 다시 한 번 깨달았다. 적마검이 마교의 십마두라는 사실을. 자신들에게 친절하게 대했던 것은 백태진이 있기 때문인 것을.

 적마검은 괴로워하는 남성의 곁으로 다가가 발로 배를 밟았다. 적마검이 배를 밟자 남성은 호흡이 곤란해진 듯 점점 안색이 파랗게 질려갔다.

 "말할 것이냐, 아니면 이곳에서 내게 죽을 것이냐."
 "마, 말 하겠습니다… 그러니 제발 이 발 좀……."
 남성의 말에 적마검은 남성의 배에서 자신의 발을 치웠다. 겨우 호흡을 할 수 있게 된 남성은 거칠게 호흡을 내쉬기 시작했다.

 "자, 어서 말해라. 내가 원하는 정보를."
 "으윽……."
 남성은 간신히 바닥에 주저앉아 입을 열기 시작했다. 괴로웠지만 지금 이 순간에 입을 열지 않으면 적마검에게 또다시 고통을 받을 것이라 생각했기 때문이다.

 "저도 자세한 것은 잘 모릅니다. 하지만… 들은 바로는 림주께서는 본거지인 파림십각에 있을 겁니다."
 "파림십각?"
 "네… 모두 십 층으로 이루어져 있어서 그렇게 부릅니다. 파림에서는 강한 자면 강한 자일수록 위층에 거주하는 것이 가능하며, 림주님은 꼭대기인 십 층에 항상 계십니다."

"…너는 몇 층에 살고 있지?"

"저는 파림십각에 거주하는 것도 용납되지 않습니다."

"…그렇군."

눈앞의 사내도 결코 약한 자는 아니었다. 하지만 그런 자조차 일 층에 출입조차 할 수 없다는 소리에, 적마검은 다시 한 번 파림에 얼마나 대단한 실력자들이 있는지 알 수 있었다.

"시간이 없으니 파림십각으로 가는 것은 네가 안내하도록 해야겠다."

"안내라니… 저는 도저히 걸어 다닐 수 있는 상태가 아닙니다……!"

"조금 더 비명을 질러야 걷겠나?"

"큭……!"

적마검에게는 어떠한 변명도 통하지 않는다는 것을 깨달은 남성은 힘겹게 자리에서 일어났다. 자리에서 일어난 남성은 비틀거리며 한 발을 내디딜 때마다 온몸이 부서지는 듯한 고통을 느꼈다.

남성이 앞장서서 걷기 시작하자, 적마검은 남궁설린과 유세영을 보면서 말했다.

"안내역이 생겼군. 어서 가도록 하지."

"…네."

적마검의 모습에 잠시 놀라 할 말을 잃었던 두 사람은 적마검을 따라 귀곡의 깊은 곳으로 향하기 시작했다.

* * *

백태진은 연나련과 함께 파림의 본거지, 귀곡의 입구에 도착했다.

"이곳이 귀곡입니까?"

"네, 지도상에는 그렇게 나와 있는 것 같아요."

"이 안에 파림이……."

백태진은 안개가 자욱한 귀곡을 보며 주먹을 꽉 쥐었다. 자신이 지금까지 찾던 것이 이 안에 있다는 사실에 벌써부터 심장이 두근거리는 것만 같았다.

"안개가 꽤 자욱하네요."

"이 정도 안개라면 충분히 지나갈 수 있습니다. 조금 위험하기는 하지만 시간이 없으니 서두르도록 하죠."

"그러는 것이 낫겠네요."

백태진은 그렇게 말하면서 지금까지 타고 온 말에서 내렸다.

"말은 이곳에 두도록 하죠. 이제부터 적의 본거지인 듯하니."

"그럼 이 근처에 묶어두도록 할까요? 다시 돌아갈 때 말이 없으면 곤란하잖아요."

"…그래요, 반드시 돌아갑시다."

"네."

백태진의 말에 연나련은 싱긋 웃으며 대답했다. 백태진과 연나련은 바위에 고삐를 묶어놓고 귀곡으로 향했다. 그렇게 얼마를 걸어갔을까, 백태진은 갑자기 느껴지는 혈향에 손으로 연나련을 멈춰 세웠다.

"이 냄새는… 피 냄새군."

"이 앞에서 무슨 전쟁이라도 벌어진 걸까요? 상당한 양의 피 냄새인 것 같은데…."

"…지금부터는 경계를 더 해야 할 것 같습니다."

"네…."

백태진과 연나련은 이제 거의 발걸음 소리조차 들리지 않을 정도로 조심스럽게 앞으로 나아갔다. 그리고 잠시 후, 두 사람이 발견한 것은 바닥에 널브러진 시체들이었다.

"……."

백태진은 널브러진 시체를 확인하고서 곧바로 주변을 둘러보았다. 이 사람들을 죽인 자는 이 근처에 없다고 판단한 백태진은 곧바로 시체에게 다가가 앉았다.

"누구일까요?"

"…가능성은 두 가지입니다. 파림을 공격하러 온 어떤 무리가 이곳에서 전멸 당한 것이거나, 아니면 이 시체들은 파림에 소속된 무사이고, 파림을 공격하러 온 사람이 이자들을 죽인 것일 수도 있겠군요."

"어느 쪽이 더 가능성이 높을까요?"

"……"

백태진은 시체에서 나온 피를 유심히 보았다.

"아무래도 후자의 가능성이 높겠군요. 그리고 이곳의 적을 무찌른 인물은 다수가 아닙니다."

"왜 그렇게 생각하죠?"

"아직 피가 굳지 않았습니다. 이것은 곧 이자들이 죽은 지가 얼마 되지 않았다는 것을 의미합니다. 그리고 시체들의 몸에 있는 검상을 보면 거의 일정합니다. 검상을 보니 몇 가지 다른 종류의 무기로 죽였군요, 검상의 형태는 세 종류… 아무래도 세 명 정도가 이곳에 왔겠군요. 그리고 그런 소수가 파림 쪽일 가능성은 낮습니다. 파림에서 세 명이 나와서 이자들을 죽였다고 생각하면 이야기는 또 달라지겠지만."

"……"

연나련은 짧은 시간에 이 정도까지 생각하는 백태진의

지혜에 다시 한 번 감탄했다.

"공자님의 얘기를 들어보니 그런 것 같네요. 그럼 누구일까요? 이곳에서 파림과 싸운 사람이."

"…‥."

연나련의 말에 백태진은 말이 없어졌다. 백태진의 뇌리에 순간적으로 스쳐 지나가는 것이 있었기 때문이다.

'저 검상은 뭔가 거대한 것에 베인 자국이다. 그리고 상당히 파괴력이 있는……. 내가 아는 사람 중에 이런 검상을 입힐 수 있는 사람은 적마검 선배밖에 없다. 하지만 적마검 선배 말고도 최소 두 명이 더 존재한다. 그리고 그 두 명은…‥.'

백태진의 머릿속에 남궁설린과 유세영의 얼굴이 떠올랐다. 하지만 백태진은 곧바로 그 가능성을 부정했다.

'아니다. 그 두 사람이 이곳에 있을 리가 없어. 설린 소저와 세영이는 남궁세가에 있다고 백이가 말했다. 그래, 이곳에 있을 리 없어…….'

백태진은 두 사람이 이곳에 있을 가능성을 완전히 지워버렸다.

"아무래도 적마검 선배님이 이곳에 온 모양이군요."

"적마검이요?"

"네, 적마검 선배도 저와 마찬가지로 파림의 행방을 쫓고 있었습니다. 이곳에 왔다고 해도 이상할 것이 없죠."
 "그렇군요! 그러면 저희들에게 커다란 전력이 되겠어요!"
 "그럼, 일단 저희들은 적마검 선배와 합류해서 전력을 키우는 것이 중요하겠군요. 어서 서두르죠."
 "네!"
 백태진의 말에 연나련은 힘차게 고개를 끄덕였다. 두 사람은 다시 귀곡의 깊숙한 곳으로 이동하기 시작했다.
 '두 사람이 이곳에 있을 리가 없어…….'
 이동하는 내내 백태진은 유세영과 남궁설린이 이곳에 있으리라는 것을 부정했지만, 계속해서 두 사람의 얼굴이 떠오르는 것은 부정할 수 없었다.

第六章
지하 감옥

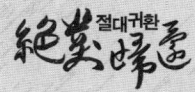

"역시… 아무래도 명백하게 파림을 노리고 온 것이 맞는 것 같군."

지금까지 오는 길에 수많은 시체가 널브러져 있었다. 그리고 그 시체는 모두 죽은 지 얼마 되지 않은 것들이었다.

그리고 그 시체들이 향하는 곳을 따라가니 최종적으로 두 사람은 거대한 건물을 한 채 발견할 수 있었다.

"이런 곳에 마을 같은 것이 있다니……."

연나련은 매우 놀라고 있었다. 깊은 계곡의 안으로 들어오니 마치 하나의 부락이 형성된 것처럼 건물이 여러 개 있었기 때문이다. 그리고 그 건물들의 중심에는 우뚝 솟아오른 거대한 건물이 한 채 있었다.

백태진은 그 마을을 보고서 놀라지는 않았다. 파림이 꽤나 거대한 규모라는 것은 짐작했었고 이런 것도 염두에 두고 있었기 때문이다.

"아무래도 저곳이 입구인 것 같군요."

백태진은 나무로 지어진 거대한 두 문을 보면서 말했다. 나무로 이루어진 문은 마을로 진입하기 위한 유일한 입구인 듯하였으나, 이미 문은 활짝 열려져 있었다. 그리고 입구를 지키고 있는 보초병으로 보이는 사람들이 문 앞에 쓰러져 있었다.

"적마검 선배님이 화려하게 일을 처리한 것 같습니다. 덕분에 우리들은 쉽게 진입할 수 있었지만… 아무리 적마검 선배님이라도 지금까지 너무 많은 수를 상대해 왔습니다. 체력적으로 상당히 지쳐 있을 겁니다. 어서 서두르도록 하죠."

"네."

백태진과 연나련은 서둘러 열린 문을 통해 안으로 진입했다.

"…이건 좀 심하군."

밖에서는 잘 알 수 없었지만, 문을 통해 안으로 들어오니 그곳은 그야말로 폐허였다.

거리마다 시체들이 있었고, 진한 피 냄새가 코끝을 찌르고 있었다.

"아무리 적들이지만 이 광경은 차마 보고 있기 힘들어요."

연나련은 그렇게 말하며 소매로 코를 막고서 눈살을 찌푸렸다.

"적마검 선배님이 하지 않았다면 우리가 했었을 겁니다. 만약 이 사람들을 죽이지 않는다면 더 많은 사람이 정마대전으로 희생되겠죠. 안타깝지만 어쩔 수 없습니다."

백태진은 이미 마음을 단단히 먹은 듯 눈 하나 깜짝이지 않았다.

그때였다. 폐허 쪽에서 한 꼬마 아이가 이쪽을 향해 터덜터덜 걸어오고 있었다. 부모를 잃은 듯 꼬마의 주변에는 아무도 없었다. 그 꼬마의 얼굴에는 그저 허망함이 있었을 뿐이다.

"저런 꼬마까지도……."

"적에게 자비를 주지 마십시오."

"저런 꼬마까지도 적이라는 것인가요? 너무해요, 저는 공자님처럼 그렇게까지 비정해질 수 없을 것 같아요."

"자, 잠깐!"

연나련은 그 꼬마를 도저히 혼자 둘 수 없는 듯, 꼬마에게 달려갔다. 그리고 꼬마의 앞에 꿇어앉으며 꼬마의 얼굴에 묻은 먼지를 손으로 닦아주었다.

"꼬마야, 괜찮니? 이제 걱정 마, 내가 너를 지켜줄 테니까."

"…누나."

꼬마는 연나련의 말에 울먹였다. 연나련은 그런 꼬마의 모습을 보자 더욱더 마음이 아파왔다.

그런데 그때, 꼬마가 품속에서 뭔가를 꺼내어 재빠르게 연나련을 향했다.

'단검……?'

꼬마가 품속에서 꺼내든 것은 단검이었다. 연나련은 꼬마에게 완전히 경계를 풀고 있었기 때문에 꼬마의 움직임에 반응할 수 없었다.

꼬마가 찌른 단검은 백태진의 손에 의해 연나련의 가슴에 닿기 전 멈춰질 수 있었다.

"크……."

꼬마는 백태진이 자신의 손을 잡아 제지하자, 무슨 일이 있더라도 연나련을 찌르려는 듯 인상을 찌푸리며 안간힘을 썼다. 하지만 꼬마의 힘이 백태진의 완력을 이길 수는 없었다.

백태진은 꼬마의 목을 쳐 기절시킨 후 단검을 빼앗아 멀리 던져 버렸다.

꼬마는 힘없이 연나련의 품에 기절해 버렸다.

연나련은 방금 전에 있었던 일에 상당한 충격을 받은 듯, 꼬마를 잡은 채로 어쩔 줄 모르고 상당히 혼란스러운 얼굴이었다.

"이곳은 적지입니다. 아무리 꼬마라도 방심하지 마십시오."

"어째서… 이런 꼬마까지도 검을……."

"이상할 것은 없습니다. 이 마을 전체가 모두 무인일 것입니다. 이 아이도 어느 정도 무공의 기본은 배웠겠죠. 그리고 부모님이 죽임당했습니다. 아이의 마음속에도 복수심이 자랐을 겁니다."

"이렇게 어린 데도……."

"복수에 나이는 상관없죠."

"……."

연나련은 침묵하며 들고 있던 아이를 조심스럽게 바닥에 눕혔다.

그리고 자리에서 일어나 백태진을 쳐다보았다.

"그 아이를 죽이지 않으실 겁니까?"

백태진의 말에 연나련은 고개를 저었다.

"도저히 어린아이는 죽일 수 없습니다."

"그럼 저 아이는 나중에 커서 더욱더 커진 증오를 가지고 살아가게 될 것입니다. 차라리 이곳에서 죽이는 것이 저 아이에게 더 나을 수도 있습니다."

"…그럼 그때는 제가 그 증오를 받아들이겠어요."

백태진을 향해 그렇게 말하는 연나련의 눈빛에는 한 치의 흔들림도 없었다.

'이제 각오를 단단히 했나 보군…….'

백태진은 더 이상 연나련에게 어떤 말을 하지 않아도 될 것 같다는 생각이 들었다. 방금 전 일로 그녀도 이미 각오를 마친 것처럼 보였기 때문이다.

백태진은 이곳에 오기 전, 수많은 사람의 목숨을 죽이게 되더라도 정마대전을 막을 것이라고 다짐했다. 연나련에게는 그런 시간이 없었다. 그녀가 백태진의 생각보다 그 다짐을 더 빠르게 해준 것 같아, 백태진에게 있어서는 다행스런 일이었다.

"적무태는 저 거대한 건물의 안에 있을 겁니다."

"적마검도 그곳에 있을까요?"

"그렇겠죠."

"…그럼 어서 가죠. 한시라도 빨리 적무태를 잡고 싶습니다."

연나련은 그렇게 말하면서 파림십각으로 향했다. 백태진도 그녀의 뒤를 따라 파림십각으로 향했다. 그리고 그들은 파림십각으로 들어가는 입구에 도착하여 잠시 멈췄다.

"아무래도 이 건물의 꼭대기에 적무태가 있을 것 같습니다."

"그렇다면 적마검 일행은 어디까지 올라갔을까요?"

"글쎄요……. 아무튼 일단은 들어가도록 하죠."

백태진은 파림십각의 일 층으로 향하는 입구의 문을 열었다. 백태진이 문을 열자마자 비릿한 피 냄새가 느껴졌다. 이곳 일 층도 바깥과 마찬가지로 시체밖에 없었다.

"아무래도 일 층은 적마검 선배님이 모두 해치웠나 보군요."

"그럼 어서 이 층으로 올라가요."

"네……."

백태진은 그렇게 말하고서 이 층으로 향하는 계단으로 향했다. 그런데 그때, 백태진의 눈에 익숙한 것이 들어왔다.

'잠깐… 설마, 아니야…….'

백태진은 방향을 바꿔 그 물체가 떨어진 곳에 가까이 다가갔다.

백태진은 그 물체 앞에 앉고서는 갑자기 움직임을 멈췄다.

"공자님?"

갑자기 백태진이 앉아서 움직이지 않자 연나련은 무슨 일이 있나 싶어 백태진의 곁으로 다가갔다. 그러자 백태진이 뭔가를 손에 집고서 몸을 부들부들 떠는 것이 보였다. 백태진의 상태가 뭔가 평범하지 않다는 것을 깨달은 연나련은 그가 들고 있는 것을 보았다.

'목걸이……?'

백태진이 들고 있는 것은 목걸이였다. 평범한 가죽 끈에 유리 세공으로 꽃이 달려 있는 목걸이. 연나련은 백태진이 왜 그 목걸이를 잡고서 몸을 부들부들 떠는지 그 이유를 알 수 없었다.

"백 공자님, 도대체 무슨 일이세요?"

"……."

연나련의 말에도 백태진은 아무 말 없이 목걸이를 응시하고 있었다.

"어째서 이것이 이런 곳에……."

백태진은 믿을 수 없었다. 왜냐하면 지금 손에 쥐고 있는 목걸이는 자신이 남궁설린에게 주었던 것이다. 그것이 이곳에 떨어져 있다는 것은 남궁설린이 이곳에 와 있다는 것이었다. 그리고 목걸이가 떨어져 있다는 것은 남궁설린에게 무슨 일이 있음을 의미했다.

'아니겠지… 세상에 이런 목걸이가 하나밖에 없는 것은 아니니까. 그냥 똑같은 목걸이일 거야, 그냥 똑같은…….'

백태진은 계속해서 남궁설린이 이곳에 있을 리가 없다고 부정했지만, 이곳에 올 때부터 들었던 불안한 생각이 사라지지 않았다. 백태진은 앞을 보았다. 그러자 그곳에는 위층이 아니라 지하로 향하는 계단의 입구가 있었다.

"백 공자님, 도대체 무슨 일이세요?"

"아… 죄송합니다."

백태진은 겨우 연나련의 말을 들을 수가 있었다.

"무슨 일 있으세요?"

"…연 소저, 죄송하지만 이 지하로 한번 가봐야겠습니다."

"지하로요……?"

"네."

백태진이 목걸이를 꽉 쥐고서 말했다.

'저 목걸이는…….'

연나련은 목걸이를 보자 어딘가 모르게 가슴 언저리가 아파오는 것만 같았다.

"알겠습니다……."

"죄송합니다. 조금 신경 쓰이는 것이 있어서 확인을 해봐야겠습니다."

백태진은 그렇게 말하며 자리에서 일어났다. 그리고 지하로 향하는 입구로 달려갔다.

 연나련도 그 뒤를 따랐다.

*　　*　　*

 파림십각의 오 층, 그곳에서는 한창 전투가 이뤄지고 있었다.

 적마검, 남궁설린, 유세영은 얼마나 많은 적을 베었는지 그들이 들고 있는 검은 이미 새빨갛게 변한지 오래였고, 옷에도 잔뜩 피가 묻어 있었다.

 "하아… 하아……."

 남궁설린과 유세영은 점점 체력적으로 한계가 오는 것만 같았다. 지금까지 도대체 몇 명이나 베었는가. 아무리 실력의 차이가 있다고는 하지만, 이렇게나 많은 수와 상대하다 보면 체력적으로 한계가 올 수밖에 없었다.

 "읏……!"

 남궁설린은 적의 공격을 아슬아슬하게 회피했다. 시간이 지나자 적의 공격을 피하는 것도 점점 힘들어졌다. 남궁설린의 무공은 집중력이 중요한데 이렇게 장시간 동안 집중력을 유지한다는 것은 정말로 힘든 일이었다. 장시간 집중력을 유지하는 것은 평범하게 싸우는 것보다 세 배 이상의 피로감을 불러일으켰다.

그런 짓을 벌써 몇 시진이나 계속해 왔으니 이미 체력적으로 바닥이 났다고 해도 과언이 아니었다.

그때였다. 남궁설린의 움직임이 한순간 휘청거렸다. 바닥에 고여 있는 피를 잘못 밟아서 자세가 무너진 것이었다.

적은 이 기회를 놓치지 않고서 남궁설린을 향해 달려들었다.

'이건 피할 수 없다……!'

남궁설린은 상처를 각오하고서 최소한의 피해로 적의 공격을 막아내려고 하였다. 그런데 그때, 유세영이 남궁설린에게 달려드는 적의 뒤에서 적을 베어버렸다. 적은 결국 남궁설린에게 닿지 못하고 자리에 쓰러졌다.

"언니, 괜찮아?"

"세영아… 세영아! 뒤!"

"어……?"

남궁설린은 유세영의 뒤쪽으로 달려드는 적을 보고서 놀라 소리쳤다. 하지만 유세영은 뒤늦게 고개를 돌렸다. 적의 공격을 피하기에는 이미 늦은 상황.

"한눈팔지 마라!"

그때 어디선가 대검이 날아와 유세영을 공격하는 적의

몸을 꿰뚫고 지나갔다. 유세영을 노리던 적은 처참하게 몸이 두 동강으로 나뉘어져 죽음을 맞았다.

유세영은 자신의 앞에서 창자를 내놓고 죽은 시체를 보며 인상을 찌푸렸다.

"괜찮으냐?"

"네… 덕분에 살았어요."

적마검은 자신이 던진 대검을 거두었다. 아까 적마검이 죽인 인물이 이번 층에서는 마지막이었다.

"아무래도 둘 다 지친 것 같군."

"……."

두 사람은 적마검의 말에 아무 말도 하지 않았다. 이미 그녀들에게는 대답할 힘도 없었기 때문이다.

"도대체 언제까지 올라가야 가가를 만날 수 있는 걸까요……. 이렇게까지 올라왔는데 없다는 것은……."

"아무래도 이곳에는 녀석이 없다고 생각해도 될 것 같군."

"……."

불안한 생각을 적마검의 입에서 들으니 두 사람은 안 그래도 없었던 힘이 모두 빠져나가는 것만 같았다.

"너희들은 이제 어떻게 할 테냐, 이곳에 백태진은 없다. 애초에 너희들이 나를 따라온 이유는 그 녀석을 만나기 위해서가 아니더냐?"

"…그렇습니다."

"이곳까지 왔으면 충분하다. 나머지는 나 혼자서 올라가겠다. 마침 너희들도 지친 듯하니 돌아가도록 해라."

"하지만……."

백태진이 없다는 것은 확실해졌지만, 여기에 적마검을 놔두고 돌아가는 것도 석연치 않았다.

"안 돼요! 돌아가려면 할아버지도 함께 돌아가요!"

"…그건 안 된다. 나는 지금까지 파림의 행방을 쫓아왔어. 내 목표가 눈앞에 있는데 그걸 포기하고 돌아갈 수는 없다."

"앞으로 오 층이나 더 남았어요. 그리고 적들은 더 세질 거예요! 그런데 할아버지 혼자서 어떻게 할 생각이세요?"

"……."

"돌아가요, 지금은 물러날 때예요. 할아버지도 지치셨잖아요."

유세영은 적마검이 자신들과 같이 돌아가기를 원했다. 이미 지칠 대로 지친 상태. 그건 적마검도 자신들과 다르지 않을 것이라 생각했다. 이대로 혼자 보낸다면 적마검이 죽을 거라는 것은 확실했다. 유세영은 적마검이 죽기를 바라지 않았다.

적마검은 유세영의 말에 잠시 침묵하더니 고개를 저었다.

"그건 안 되겠다."

"어째서……."

"너희들도 이미 알겠지만, 요즘 정파와 마교 간의 정세가 좋지 못하다. 언제 전쟁이 일어나도 이상하지 않지. 난 그 전쟁을 막고 싶다. 그러기 위해서는 어떻게든 이 전쟁을 조장한 프림을 잡아 진실을 묻게 해야만 한다. 소문으로는 이미 전쟁 직전까지 갔다고 한다."

"……."

적마검의 말에서는 강한 의지가 느껴졌다. 유세영도 그 말을 들으니 무조건 적으로 적마검에게 돌아가자고 말할 수도 없었다.

"…알겠어요. 그럼 저희들도 어르신과 함께 가겠습니다."

"아니다. 너희들은 이제 돌아가라. 이 앞으로는 아무리 나라도 너희들의 목숨을 지켜줄 수 있다고 보장할 수 없다."

"저희들도 어르신과 마찬가지로 전쟁을 막고 싶다는 생각은 같습니다. 그리고 만약에 이곳에 가가가 있었더라면 어르신과 함께 갔을 겁니다. 저희도 전쟁을 막기 위해서 조금이라도 도움을 드리고 싶습니다."

"…알겠다. 너희들에게 감사를 표하도록 하지."

적마검은 남궁설린의 성격을 어느 정도 파악하고 있었기 때문에 더 이상 거절하지 않았다. 그리고 그에게 있어서도 전력이 조금이라도 더 있는 편이 다행이었다.

"너희 둘의 목숨은 내 목숨을 바치는 한이 있더라도 지켜내겠다. 여기서 너희들이 죽는다면 백태진 녀석을 볼 면목이 없으니까."

"무슨 그런 말씀을 하세요… 어르신도 함께 셋이서 살아남아요."

"…그래."

남궁설린의 말에 적마검은 엷게 웃고서는 다음 층을 향해서 걸었다. 적마검이 걸어가자 유세영도 그 뒤를 따랐다. 남궁설린도 두 사람을 따라 걸어가려는 찰나, 남궁설린은 지금까지 걸고 다녔던 목걸이가 사라졌다는 것을 눈치챘다.

'목걸이가… 어딘가에 떨어뜨린 것인가?'

백태진에게서 받은 것이라 항상 소중하게 목에 걸고 있었다.

지금부터 찾는다면 찾을 수도 있겠지만, 지금 상황에 그럴 수는 없었다.

'…미안해요.'
 남궁설린은 결국 소중한 목걸이를 포기하고 앞으로 걸어 나갔다.

第七章
용서

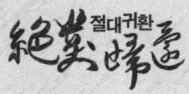

 어둠, 오직 벽에 걸린 횃불만이 길잡이를 해주는 계단이 길게 늘어져 있었다.
 백태진은 어디까지 이어지는지도 모르는 계단을 빠른 속도로 내려가고 있었다.
 그리고 마침내 계단의 끝이 보이기 시작했다. 계단이 사라지자 백태진의 눈앞에 보이는 것은 넓은 공간이었다. 그리고 그 공간에 있는 것은 나란히 줄지어진 쇠창살이었다.
 "…이곳은 감옥인 것인가."
 백태진 본인도 마교에서 한 번 갇혀본 적이 있기 때문에 이곳이 어디인지는 바로 알 수 있었다. 갇혀본 적이 없더라도 이곳이 어딘지는 곧바로 알 수 있을 것이다.

백태진을 따라온 연나련도 눈앞에 펼쳐진 감옥을 보고서 조금 놀란 듯했다.

"…이곳은 파림의 감옥이군요."

"그런 것 같습니다."

백태진은 그렇게 말하면서 천천히 앞으로 걸어갔다. 밖의 상황을 알고서 이미 도망친 듯, 간수들은 보이지 않았다.

백태진이 통로로 걸어가자, 백태진을 발견한 죄수들이 쇠창살에 바짝 붙어 소리쳤다.

"넌 간수가 아니군!"

"밖에 무슨 일이 있는 거야! 날 풀어줘!"

"풀어줘!"

감옥의 풍경은 어딜 가나 비슷했다. 죄수들은 백태진을 보자마자 자신을 풀어달라고 아우성쳤다.

'공자님, 이런 곳에서는 어서 나가죠."

죄수들을 별로 좋아하지 않는 연나련은 어서 이곳에서 나가고 싶었다.

연나련을 발견한 죄수들은 더더욱 큰소리로 소리치기 시작했다.

"이렇게 아름다울 수가… 거기 여자! 나를 풀어주면 재미있는 것을 해주지!"

"여자를 보는 것이 얼마 만인지, 좀 더 이리와 봐. 내가 이뻐해 줄 테니까!"

자신에게 말하는 죄수들을 보며 연나련의 표정은 상당히 굳어버렸다.

"…어딜 가나 죄수들은 추악한 소리밖에 하지 않는군."

연나련이 죄수들을 향해 손을 뻗쳤다. 그러자 죄수들은 동시에 모두 숨이 턱 막혀왔다. 무언가가 자신들의 목을 죄이는 기분이었다.

"크윽……!"

아까까지만 해도 연나련에게 잘난 듯이 말하던 죄수들은 어느새 얌전한 강아지처럼 바닥에 엎드려 괴로워했다.

"너희들은 적인데다가 동시에 죄수들이다. 자비는 베풀지 않겠어."

"자, 잠깐!"

백태진의 말이 끝나기도 전에 죄수들의 목이 어긋나 버렸다. 죄수들은 그대로 모두 싸늘한 시체가 되어버렸다.

"연 소저, 흥분한 것 같습니다."

"죄송합니다… 제가 이런 것은 잘 참지 못하는 성격이라……. 그런데 아까 제게 무슨 말을 하시려고 했죠?"

"죄수들에게 조금 물어볼 것이 있어서 한 놈은 살려두라고 말하려고 했었는데… 너무 늦어버렸군요."

"죄송합니다……."

백태진의 말에 연나련은 상당히 풀이 죽은 듯했다.

"아닙니다. 연 소저는 잘못한 것이 없습니다. 잘못한 것은 연 소저에게 함부로 말한 그들이겠죠."

백태진은 그렇게 말하고서 좀 더 내부를 살폈다. 그러자 다시 밑으로 내려가는 계단을 발견할 수 있었다.

"이 계단은 뭐죠?"

백태진과 동시에 계단을 발견한 연나련이 계단의 입구로 다가와 말했다.

"아무래도 이 밑은 좀 더 중죄의 죄수들을 가두기 위한 곳이 아닐까 싶습니다."

"중죄의 죄수라……. 백 공자님, 이곳에 더 있으실 생각인가요?"

"…죄송하지만 이 밑도 조사해 보고 싶습니다."

"알겠습니다."

"연 소저가 이런 곳을 싫어하는 줄 알면서도 계속 있게 해서 죄송할 따름입니다."

"아니에요, 저는 신경 쓰지 마세요."

백태진과 연나련은 좀 더 밑으로 향하는 계단을 통해 아래로 내려갔다. 그리고 그 계단을 통해 도착한 곳은 위쪽보다 더 어둡고 차가운 곳이었다.

"……."

백태진은 입구 쪽에 걸려 있는 횃불을 들고서 안쪽을 비췄다. 횃불로 인해 어둡던 곳이 약간이나마 밝아졌다.

"이곳에는 감옥의 수가 별로 없군요."

"네… 아무래도 중죄를 지은 사람이 그렇게 많을 리는 없으니까요."

백태진은 횃불로 안을 밝히며 점점 안으로 들어갔다. 이곳에 갇힌 사람들은 위의 사람들보다 생기가 없어 보였다. 벌써 며칠째 갇혔는지, 백태진이 와도 전혀 신경조차 쓰지 않는 듯했다.

백태진은 안쪽까지 구석구석 살폈지만, 더 이상 아래로 내려가는 계단을 발견할 수는 없었다.

"여기까지가 끝인 건가……."

백태진은 이곳에 남궁설린의 흔적을 발견할 수 없다는 것에 안도하며 뒤돌아섰다. 그런데 그때.

"이 목소리는… 태진, 태진인가!"

"……!"

백태진은 익숙한 목소리가 들리는 곳으로 급히 시선을 돌렸다. 그러자 그곳에는 뇌옥에 갇힌 적기욱이 초췌한 모습으로 감옥에 갇혀 있엇다.

"너는… 어째서 이곳에 네가……."

백태진은 이곳에 오면서 적기욱과 마주칠 각오를 했었다. 하지만 적기욱을 이런 감옥에서 보게 될 줄은 상상조차 하지 못했다.

백태진과 마주하자, 적기욱은 웃는 건지 우는 건지 모를 얼굴로 백태진을 보며 말했다.

"자네가 이곳에 있다는 것은 파림에 무슨 일이 생겼다는 건가, 드디어 무림맹이 이곳에 공격을 해온 건가?"

"…기욱, 어째서 이런 감옥에 있지?"

"…하하, 간단하지. 감옥에 갇힌 이유야, 죄를 저질렀기 때문이겠지."

"죄를… 네가?"

"……."

적기욱은 아무 말 없이 시선을 아래로 숙였다.

그때 연나련이 백태진에게 다가와 적기욱을 보며 말했다.

"이자와 아는 사이인가요?"

"아… 이자는… 제 친구입니다."

"공자님의 친구……?"

자신이 친구라는 말에 적기욱은 허탈하게 웃으며 말했다.

"자네는 나를 아직도 친구라고 생각해 주고 있는 건가?"

"…그래, 너는 이제 나를 친구라고 생각하지 않는 건가?"

"나는 네게 검을 휘둘렀다. 그리고 진심으로 죽이려고 했지. 자신을 죽이려던 녀석을 친구라고 생각하다니… 역시 자네는 별난 인간이군."

"기욱… 도대체 무슨 일이 있었던 거지?"

"……."

백태진의 말에 적기욱은 잠시 침묵하더니 갑자기 크게 웃기 시작했다.

백태진은 적기욱이 웃는 것을 보면서 어딘가 적기욱이 슬퍼하고 있다는 생각이 들었다.

"할아버지… 아니, 적무태는 어떻게 되었는가?"

"…나도 잘 모른다. 하지만 아직 살아 있겠지. 내가 이곳에 온 이유도 그에게 볼일이 있어서다."

"이곳에는 자네와 그 여성분만 온 건가?"

"아니, 이미 지인이 이 건물을 오르고 있는 것 같아. 나는 그 뒤를 쫓아 이곳에 왔네."

백태진은 적기욱이 자신의 할아버지, 적무태를 대하는 태도가 달라졌다는 것을 알 수 있었다. 예전에는 적무태에 대해서 말할 때 따뜻한 눈빛을 했던 반면, 지금은 너무나도 차가운 눈빛을 하고 있었다.

"기욱… 나에게 사정을 얘기해 주지 않겠나?"

"…무슨 사정을 말하는 거지?"

"어째서 그렇게 차가운 얼굴이 되었는가. 처음 만났을 때의 자네는 무척이나 정이 많고 따뜻한 사람이었네."

"……"

백태진의 말에 적기욱은 피식 웃었다.

"사람은 언젠간 변하지. 그리고 나도 같은 사람이다. 나도 언젠가는 변하게 되지. 너는 내가 변한 모습을 봤을 뿐이야."

"무엇이 너를 그렇게 만들었나."

"…적무태다. 그자가 나를 이렇게 만들었지."

"…적무태."

적기욱은 적무태의 이름이 나오자 다시 분노가 일어나는 듯 얼굴이 붉어지기 시작했다.

"그가…! 그가 내 부모님을 죽인 녀석이었어! 다른 누구도 아닌 내 할아버지인 그 녀석이 내 부모를 죽였다고! 내가 그토록 찾아다니던 부모님의 원수가 나의 할아버지였어… 정말 웃기지 않나?"

"……"

"지금의 나는 부모님의 원수도 죽이지 못하는 약한 녀석에 불과하다. 적무태를 죽이려다가 이렇게 뇌옥에 갇히게 되었지. 지금은 그저 죽음을 기다리는 머저리일 뿐이다."

 적기욱은 자신의 신세가 한탄스러운지 헛웃음을 지었다. 그 모습이 너무나도 처량해 보였다.

 "적무태가 그런 인간이라는 것을 알았더라면 네게 검을 향할 일은 없었을 텐데……. 너무나도 후회스러워, 그때 내가 너에게 검을 향했다는 것이……."

 "기욱… 지금까지 그렇게 생각하고 있었다니……."

 "내가 이런 말을 할 자격은 없겠지만… 나는 너와 진정한 친구가 되고 싶었다. 서로 검을 겨누어야 할 적이 아닌… 함께 웃고 함께 무공에 정진할 수 있는 친구……. 하지만 나는 그런 친구가 될 수 있는 너를 내 손으로 차버렸지. 지금은 늦어버렸다는 것을 알아. 이제 와서 이런 소리를 해도 다 소용없다는 것을 알아. 하지만 네게 내 진심을 말하고 싶었다."

 "……."

 백태진은 적기욱의 진심을 느꼈다. 그리고 지금까지 적기욱이 받아온 괴로움도. 자신의 친구가 이렇게 괴로워하고 있을 때 곁에 있어주지 못한 자신이 한탄스럽기도 했다.

 백태진은 갑자기 검을 뽑아 들었다.

 적기욱은 백태진이 검을 뽑은 것을 보고서 모든 것을 내려놓은 듯이 웃었다.

"그래… 마지막은 네게 죽는 것도 나쁘지 않겠지. 그래, 그 검으로 나를 죽여줘. 나를 이 증오에서 벗어나게 해줄 유일한 사람은 너밖에 없다."

"……."

"공자님……."

연나련은 두 사람을 그저 초조하게 지켜볼 뿐이었다. 백태진이 그를 죽이든 말든, 그것은 백태진의 선택이었다.

하지만 연나련은 백태진이 그를 죽이지 않았으면 좋겠다고 생각하고 있었다. 잠시 만났을 뿐이지만, 적기욱만큼이나 세상에 절망한 사람은 없을 것 같다는 생각이 들었기 때문이다.

"…기욱."

"자, 베어라! 나는 준비가 되었다!"

"……."

백태진의 검이 빠르게 내려쳐졌다. 그러나 베어진 것은 적기욱이 아니었다. 적기욱을 가두고 있던 뇌옥이었다.

"…그래, 내게 가까이 다가와 죽이고 싶다는 건가?"

"그런 것이 아니다. 나는 너를 죽이고 싶지 않아."

"…그게 무슨 소리야."

"말 그대로의 의미다."

백태진은 그렇게 말하며 검을 휘둘렀다. 그러자 적기욱

의 수발을 속박하고 있던 쇠사슬이 베어졌다.

적기욱은 자신을 속박하고 있던 쇠사슬이 잘려 나가자 의아한 얼굴로 백태진을 보았다.

그러자 백태진은 검을 집어넣고서 적기욱을 내려다보며 웃었다.

"나는 아직도 너를 친구라고 생각한다. 너는 옛날이나 지금이나 앞으로도 쭉 나의 친구, 적기욱이다."

"…이런 나를 용서해 주겠다는 건가?"

"친구의 잘못을 용서해 주는 것도 친구로서 해야 할 일이라고 생각한다."

"…태진."

적기욱의 눈에서 굵은 물줄기가 흘러내렸다. 지금까지 백태진에게 미안했던 것과 고마움이 섞인 눈물이었다.

그렇게 두 사람은 다시 친구가 되었다.

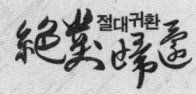

"……."

적기욱은 수갑이 채워지지 않은 자신의 손목을 보면서 이리저리 움직여 보았다.

최근까지 수갑을 차고 있었던 탓인지, 오히려 수갑이 없는 것이 어색한 듯했다.

"기욱, 우린 지금부터 적무태와 싸우러 갈 거야. 너는 어떻게 할 생각이지?"

"나도 함께 가겠어. 그 사람을 죽이는 것은 내가 해야 할 일이야."

"그를 죽여서는 안 돼."

"그게 무슨 소리지?"

백태진은 적기욱에게 현재 상황을 얘기해 주었다.

백태진에게 말을 들은 적기욱의 얼굴은 사뭇 심각해 보였다.

"그렇군… 결국은……."

"이제 적무태를 죽여선 안 된다는 것을 알겠나?"

"그래… 하지만 그는 죽일 기세로 덤벼도 이길 수 있을까 싶을 정도로 강하다. 만약 너와 싸우게 된다면 둘 중에 한 명은 죽는다는 생각으로 싸워야 할 거야."

"그렇겠지, 하지만 나는 그를 살려서 데리고 가야만 해."

백태진 또한 적기욱의 말대로 적무태를 살려서 제압할 수 있을 거라고는 생각하지 않았다. 하지만 그걸 가능하게 해야만 했다.

"힘들 거라고는 생각하고 있다. 하지만 기욱, 네가 도와 준다면 가능할 수 있을지도 몰라."

"……."

"나를 도와 함께 싸워줬으면 좋겠다."

백태진이 적기욱의 두 눈을 똑바로 쳐다보며 말하자, 적기욱 또한 백태진의 두 눈을 똑바로 응시했다. 잠시 후, 적기욱은 피식 웃으며 말했다.

"너는 언제나 불가능한 일을 하려고 하는군. 하지만 넌 언제나 그런 일들을 보란 듯이 해결했지. 좋아, 이번에 네가 이룰 기적에는 나도 동참하겠다."

"고맙군."

두 사람의 사이에 보이지 않는 신뢰감이 교차하는 것만 같았다.

"기욱, 적무태에 대해서 내게 알려줄 수 있겠나?"

"그래, 내가 아는 것만이라도 도움이 된다면 가르쳐 주지."

"시간이 없으니 이동하면서 듣도록 하지. 연 소저, 기욱, 위층으로 올라갑시다."

백태진의 말에 두 사람은 살짝 고개를 끄덕였다.

그렇게 두 사람은 위층을 향해 재빠르게 이동하기 시작했다.

"적무태가 있는 곳은 이 건물의 맨 꼭대기다. 그곳에 적무태의 방이 있지. 그 층에 도달하기 위해서는 총 아홉 개의 난관을 거쳐야만 해."

"아홉 개의 난관?"

"그래, 적무태가 있는 곳은 십 층. 그리고 그곳에 가는 도중에 존재하는 층의 개수는 아홉 개. 각 층마다 적의 침입을 막기 위한 파림의 무사들이 배치되어 있지. 그리고 층이 높아질수록 배치된 무사들의 힘 또한 강해진다."

 적무태의 말이 끝남과 동시에 세 사람은 지하 감옥을 나와 일 층에 도달했다.

 일 층에 쓰러진 시체들을 보고서 적기욱은 멈춰 섰다. 그리고 시체들 사이에 있는 검 중에서 쓸 만한 것을 주워 들었다.

 "그런 검으로 괜찮겠나?"

 "그래, 내 무공은 검이 그렇게 중요한 것은 아니니 상관없어."

 "그저 다행이군."

 "그런데 이 층의 적들을 쉽게 물리쳤나 보군. 땀 한 방울 흘리지 않는 것을 보니 말이야."

 적기욱의 말에 백태진은 고개를 저었다.

 "이곳의 적은 내가 쓰러뜨린 것이 아니다."

 "그럼 누구지? 그쪽의 소저가 쓰러뜨린 건가?"

 "아니, 연 소저도 아니야. 우리가 이곳에 오기 전, 미리 파림의 존재를 알고서 공격을 해온 인물이 있는 듯하다. 이곳의 적들과 밖의 사람들도 모두 그 인물이 해치운 것 같아."

 "그렇군… 그자가 얼마나 대단한지는 모르겠지만, 십

층에 도달하기 전에 반드시 지치게 되어 있을 거야. 구 층에 도착하기도 전에 이미 지쳤을 지도 모르지. 머릿수란 무시하지 못하니까. 그 인물이 누구인지는 짐작하고 있나?"

"대충은……."

"네가 들고 있는 그 목걸이와 관련된 인물인가?"

"……."

적기욱이 백태진이 들고 있는 목걸이를 가리키며 말하자, 백태진은 목걸이를 잠시 쳐다보더니 품 안에 넣으며 말했다.

"그럴 지도 모르지. 어쨌든, 나는 먼저 간 그들이 죽는 것을 원하지 않아. 여기에서 이러고 있을 시간은 없다."

"미안하군. 가자고."

세 사람은 다시 위층을 향해 뛰어가기 시작했다. 위층으로 향하는 도중, 적기욱은 아까 하던 얘기를 두 사람에게 마저 했다.

"적무태가 사용하는 무공의 이름은 수라귀혼검, 보통 무공은 내력을 소모하지만 수라귀혼검은 좀 특별해. 내력도 소모하기는 하지만 그것보다 중요한 힘의 원천은 바로 사기(死氣)지."

"사기?"

수라귀혼검을 접하지 못한 연나련은 적기욱의 말을 잘 이해할 수 없었다.

"말로 설명해도 잘 이해할 수 없겠지."

적기욱은 그렇게 말하고서 검을 뽑아 들었다. 적기욱이 갑자기 검을 뽑아 들자 연나련은 살짝 적기욱을 경계했지만, 적기욱은 뽑은 검을 그대로 두고서 사기로 이루어진 검강을 일으켰다.

보랏빛으로 타오르는 검강을 보자, 연나련은 적기욱을 경계한 것도 잊은 듯 타오르는 검강을 황홀한 얼굴로 보고 있었다.

적기욱이 곧바로 검강을 거두자 연나련도 겨우 제정신을 차린 듯했다.

"이것이 바로 수라귀혼검이다. 사기를 집중적으로 몸 안에 축적하다 보면 자연스럽게 검기나 검강을 만들면 그곳에 사기가 배어 나오지. 보통의 검기보다 훨씬 파괴력이 강하니 적무태와 정직하게 힘으로 싸우려고 들어선 안 돼."

"기욱, 그거라면 나도 할 수 있다."

"뭐? 뭘 말이야? 뭘 말하는 거야?"

"……"

백태진도 달리면서 검을 뽑았다. 그리고 검에 검강을 두르기 시작했다.

　백태진의 검강 또한 겉으로 보기에도 확연히 차이가 보였다.

　하지만 적기욱과 다르게 보랏빛이 아니라 회색빛에 가까웠다.

　"확실히 사기가 들어 있군……. 이게 도대체 어떻게 된 일이야?"

　"귀령검을 뽑은 이후로 내 몸에 무슨 변화가 생겼어. 그 결과 이렇게 사기를 쓸 수 있게 되었지. 덕분에 강해지기는 했지만, 내 몸을 노리는 다른 인격 때문에 조금 고생하고 있지."

　"그런가… 귀령검이……."

　적기욱은 백태진의 검강에 왜 사기가 느껴졌는지 이해한 듯 보였다.

　백태진은 곧바로 검강을 없애고 검을 집어넣었다.

　"아무튼 이것이 사기를 이용한 수라귀혼검이다. 나도 수라귀혼검을 쓰기는 하지만, 나와 적무태는 비교할 수 없을 정도로 차이가 심하게 벌어져 있다. 물론 내가 약한 쪽으로 말이지."

　"그렇게 차이가 심한가?"

　"내가 모르는 무언가를 숨기는 듯했어……. 예전보다 훨

쎈 불길한… 그런 사기를 발산하고 있었지."

마지막으로 적무태를 만났을 때를 회상하는 듯, 적기욱은 살짝 몸을 떨었다.

아직도 적무태의 앞에서 느꼈던 그 사기를 몸이 인지하고 있는 것이었다.

"하지만 네가 조심해야 할 인물이 또 한 명 있어. 바로 마종이란 인물이지."

"마종?"

"그래, 적무태의 오른팔이자 적무태 다음으로 파림에서 강하다고 할 수 있지."

"그자가 왜 위험하다는 거지?"

"…마종도 나와 마찬가지로 수라귀혼검을 습득했기 때문이다."

적기욱의 말에 백태진은 놀라며 말했다.

"수라귀혼검은 네게만 가르쳐 준 것이 아닌가?"

"그래… 혈육이 아니라면 가르쳐 주지 않지. 그런 것을 마종에게 가르쳐 줬다는 것은 적무태가 상당히 마종을 신뢰하고 있다는 거야. 그리고 마종에게서도 적무태와 같은 불길한 사기가 느껴졌다. 수라귀혼검 말고도 뭔가를 숨기고 있는 것만 같아."

"……."

백태진은 상대해야 할 강적이 또 한 명 늘어나자 조금 초조해지기 시작했다.
　"숨기고 있다는 것은… 도대체 무엇을 말하는 거지?"
　"그건 나도 정확히 모른다. 하지만 위험한 것이라는 것은 알 수 있었어."
　"…그래, 조심하도록 하지."
　백태진은 계단을 타고서 한 층 더 올라갔다. 자신이 몇 층까지 올라 왔는지도 모를 만큼 꽤 많은 수의 층을 올라왔다.
　"우리가 도대체 몇 층까지 올라온 거지?"
　"이 층이 팔 층이다. 정말 많이도 쓰러뜨리고 올라왔군. 먼저 올라간 인물은 대단한 실력을 가졌나보군."
　"……."
　적기욱의 말에도 백태진은 아무 말도 하지 않고서 묵묵히 달렸다.
　적기욱은 백태진이 아까보다 지금이 더 긴장한 상태라는 것을 알 수 있었다.
　적무태와 만날 것이라는 것 때문에 생기는 긴장감인가. 그것이 아니라면 또 다른 이유가 있을지도 모른다고 생각했다.
　그리고 그렇게 세 사람은 구 층으로 올라가는 계단을 밟았다.

* * *

 적마검 일행은 힘겹게 팔 층의 적과 싸우고 있었다. 여기까지 올라오니 확실히 적의 수준이 달라졌다. 최소 초일류, 심지어 절정의 고수들도 있었다.
 적들이 그 정도 수준까지 되자, 아무리 적마검이라고 할지라도 일일이 상대하는데 무리가 생기기 시작했다.
 적마검은 자신을 향해 달려드는 세 명의 적을 동시에 상대하며 유세영과 남궁설린 쪽을 살펴보았다.
 유세영은 적 한 명과 대치하고 있었고, 남궁설린은 적 두 명을 상대로 간신히 버티고 있었다.
 '내가 어서 이 녀석들을 물리치고 도와줘야 한다.'
 남궁설린과 유세영의 목숨을 지켜야만 한다는 생각에 적마검의 마음은 초조해지기 시작했다. 하지만 적마검을 상대하는 적들은 그리 쉽게 적마검을 놓아줄 생각은 없어 보였다.
 한 명씩 싸운다면 필시 적마검의 승리가 되겠지만, 번갈아가며 적마검을 공격하는 세 명의 연계는 훌륭했다.
 적마검도 그 세 명의 연계에는 빈틈을 쉽게 찾을 수가 없었다.

'큰일이군… 내공도 거의 바닥을 쳐가는데……. 역시 지금까지 쉬지도 않고서 싸워온 것은 무리였는가.'

적마검도 지쳤지만 더 심각한 것은 남궁설린과 유세영이었다.

용케 적마검을 따라서 지금까지 버텨준 것이 기적이라고 할 정도였다.

이미 그녀들에게도 남은 내공은 없을 것이다.

"큭……."

결국 남궁설린이 먼저 팔에 상처를 입었다.

그리 심한 상처는 아니었지만 처음으로 생겨난 상처였다.

남궁설린은 지혈을 할 틈도 없이 이어오는 적의 공격을 막아냈다.

남궁설린이 상처를 입은 것을 확인한 적마검은 더 이상 시간을 지체할 수는 없다고 생각했다.

'어쩔 수 없군…….'

지금까지 방어만 해오던 적마검의 자세가 바뀌었다. 적마검의 기세가 바뀌자, 적마검을 공격하던 적들은 한순간 멈칫거렸다.

적마검은 그 틈을 놓치지 않고서 적들을 향해 옆으로 검을 휘둘렀다.

 지금까지와는 다르게 적마검의 남은 내력을 모두 쏟아 부은 일격이었다.

 적마검의 대검에 붉은 기운이 나타난 것만 같은 착각을 일으키며 적마검의 검은 적들을 향해 쇄도했다.

 적마검의 검이 날아오자, 적 중 한 명은 적마검의 공격을 막는 것을, 나머지 두 명은 뛰어올라 공격을 피하는 것을 선택했다.

 적마검의 공격을 막으려고 검을 세우던 적은 적마검의 검이 닿자마자 검과 함께 두 동강이 나버렸다.

 적 한명을 무 자르듯 잘라내 버린 적마검은 뛰어오른 적들을 향해 부메랑처럼 검을 던졌다.

 적마검의 검은 빠른 속도로 회전하며 적들을 향해 매섭게 날아갔다.

 공중에 뜬 상태에선 아무것도 할 수 없는 적들은 결국 적마검의 검에 처참한 몰골로 절명했다.

 자신을 상대하던 적을 모두 물리친 적마검은 다시 자신에게로 돌아오는 검을 잡았다. 그리고 곧바로 남궁설린에게로 달려갔다.

 적마검을 상대하던 자신들의 동료가 죽었다는 것을 뒤늦게 깨달은 두 명 중 한 명이 적마검을 향해 돌아섰다. 하지만 눈치채는 것이 너무 늦어버렸다.

한순간에 달려온 적마검의 일격에 남궁설린을 상대하던 적 중 한 명이 나가떨어졌다.

적 한 명의 목숨을 손쉽게 거둔 적마검은 곧바로 다음 상대를 향해 뛰어들었다.

"큭……!"

자신들의 동료가 무참히 적마검에게 살해당하자, 나머지 한 명의 적은 남궁설린보다 적마검을 상대하는 것에 우선을 두었다.

적이 적마검을 향해 완전히 돌아서자, 남궁설린은 그 기회를 놓치지 않고서 적의 심장을 향해 검을 찔렀다.

결국 마지막 남은 적은 남궁설린이 직접 목숨을 거두었다.

"언니! 괜찮아?"

"세영아! 뒤에 조심해!"

한순간 남궁설린 쪽에 신경을 쓰던 유세영은 대치하고 있던 적이 자신에게 달려드는 것을 보지 못했다. 몇 장 정도 떨어져 있던 적과 유세영 사이의 거리가 한순간에 좁혀지고 있었다.

적은 유세영의 목숨만이라도 거둘 심산으로 필사적으로 유세영을 향해 검을 휘둘렀다.

극한의 상황

하지단 그때, 무언가가 적의 머리를 꿰뚫고 지나가 버렸다.

수박처럼 터진 적의 머리를 꿰뚫고 지나간 것은 적마검이 던진 대검이었다.

머리가 사라져 버린 적은 유세영을 향해 달려가던 도중 그 자리에 풀썩 쓰러져 버렸다.

"아……."

적의 머리가 터지면서 함께 튀긴 뇌수가 유세영의 얼굴에 묻었다. 유세영은 화들짝 놀라며 그 뇌수를 옷으로 닦아 냈다.

하지만 유세영의 옷도 거의 피로 물들어 있었기 때문에 뇌수를 닦음과 동시에 옷에 묻은 피가 유세영의 얼굴에 묻었다.

"세영아!"

남궁설린은 뇌수를 닦고 있는 유세영을 향해 달려가 그녀가 괜찮은지 확인이라도 하려는 듯 유세영의 뺨을 어루만졌다.

유세영이 다친 곳이 아무 곳도 없는 것을 확인하고서야 남궁설린은 안도하듯 깊은 한숨을 내쉬었다.

적마검은 자신이 던져 벽에 박힌 자신의 검을 향해 다가갔다.

적마검이 벽에 박힌 검을 뽑아내자, 벽에 금이 가는 동시에 무너져 내렸다.

'이걸로 조금 남아 있던 내공도 모두 써버린 듯하군.'

적마검이 내공을 끌어내려고 하자 심한 통증이 느껴졌다.

이건 내공이 고갈되었을 때 생겨나는 통증이었다.

이 이상 무리하게 내공을 끌어내려고 한다면 주화입마에 빠지거나 단전이 깨져 버릴 수도 있었다.

적마검은 벽에서 뽑아낸 검을 등에 착용하고서 어디론가 걸어갔다.

그러자 남궁설린이 어디론가 향하는 적마검을 발견하고서 불렀다.

"어디 가시는 겁니까!"

"…이제 됐다. 너희들은 충분히 해주었다. 너희들은 더 이상 가다가는 정말로 죽을 지도 모른다. 이제부터는 나 혼자서 가겠다."

"기다리세요, 어르신을 혼자서 보낼 수는 없습니다."

"…그렇다면 확실히 말하지. 너희들은 이제 나에게 방해된다. 내공도 모두 고갈된 녀석들을 데리고 가봤자 짐짝밖에 되지 않아. 그런 녀석들은 없는 편이 편하다."

지금까지 그들을 대하던 태도와는 다르게, 적마검이 두

사람을 보면서 말하는 표정은 싸늘했다.

하지만 남궁설린은 적마검의 시선을 피하지 않고서 똑바로 쳐다보며 말했다.

"그건 어르신도 마찬가지 아닙니까? 아까 전의 공격으로 어르신의 내공이 모두 고갈된 것은 저도 알고 있습니다."

"…그래, 그러니까 앞으로는 너희들을 지켜줄 수 없다."

"저희들을 지켜주신 것은 고맙습니다. 하지만 이제 이건 어르신만의 문제가 아닙니다."

"나만의 문제가 아니라니……."

적마검은 남궁설린의 말을 이해하지 못한 듯 의아한 표정을 지었다.

"이 위에 가가가 계실 지도 모릅니다."

"없을 확률이 높다고 하지 않았느냐."

"그래도 가봐야겠습니다. 있을 수도 있다는 말 아닙니까."

"이 위에 백태진은 없다. 그러니 그만 돌아가라."

적마검은 그렇게 말하고서 다시 몸을 돌렸다. 하지만 남궁설린의 말이 다시 한 번 적마검의 발을 잡았다.

"이미 전쟁이 벌어지기 직전이라고 들었습니다."

"……."

"정파와 마교 간의 전쟁을 막기 위해서는 파림의 우두머리를 잡아서 진상을 말하게 할 필요가 있습니다."

"전쟁을 막는 것은 내 역할이다."

"아니요… 저도 전쟁이 일어나기는 바라지 않습니다. 그것은 세영이도 마찬가지입니다. 그리고 가가도……. 전쟁을 막기 위해서는 저도 목숨을 바치는 한이 있더라도 가세하겠습니다."

"……."

적마검은 말없이 남궁설린을 지켜보았다. 그리고 다시 돌아서 마음대로 하라는 듯이 말했다.

"너희 목숨은 너희들이 알아서 결정해."

적마검의 말은 따라와도 된다고 허락하는 것을 돌려서 말한 것과 같았다.

남궁설린과 유세영은 서로를 한 번 쳐다보더니 천천히 적마검의 뒤를 따랐다.

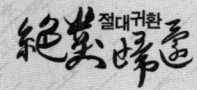

 구 층, 적마검은 이 층에 오자마자 무언의 압박감이 자신의 몸을 짓누르는 느낌을 받는 듯했다.
 "…이 층에는 괴물들밖에 존재하지 않는 것 같군."
 "……."
 적마검의 말에 남궁설린과 유세영은 아무 말도 하지 않았다.
 두 사람도 적마검과 마찬가지로 그런 압박감을 받았기 때문이다.
 "잠깐……."

적마검이 걸음을 멈추고서 두 사람을 멈춰 세웠다.

아직 구 층에 진입하고 얼마 되지도 않았는데도 불구하고, 복도 저편에서 이쪽으로 다가오는 기척이 확연히 느껴졌다.

그리고 잠시 후, 적마검의 앞에 다섯 명의 인물이 모습을 드러냈다.

한 명 한 명이 모두 강력한 힘을 가진 고수였다.

그리고 그 다섯 명의 중심에 서 있는 인물은 바로 마염이었다.

"설다 이곳까지 올 줄이야. 어디서 온 녀석들인지는 모르겠지만 대단한 녀석들이군."

"……."

적마검은 말없이 검을 뽑아 들었다.

'저 다섯 명은 위험하다. 특히 저 중앙에 있는 녀석은 위험한 녀석이다. 지금의 내가 저 다섯 명 중에서 한 명이라도 이길 수 있을지…….'

일더일로 대결해도 필시 패배할 것이다.

내공이 없는 적마검은 그저 평범한 무인보다 조금 더 나은 수준이었다.

"뭐하는가, 덤비지 않고서. 여기까지 올라온 패기가 그 정도박에 안 되는 건가?"

염마는 적마검을 도발하듯 말했다.

하지만 적마검은 염마의 말에도 요지부동이었다. 이미 적마검은 도발이라는 하찮은 수법이 통하는 수준이 아니었다.

"그쪽에서 오지 않는 건가? 좋다… 그러면 내가 직접 찾아가서 죽여주도록 하지."

염마는 그렇게 말하면서 도를 뽑아 들며 적마검에게 천천히 다가갔다.

염마가 천천히 걸어오자 세 사람은 극도의 긴장 상태가 되었다.

그때, 세 사람을 향해 천천히 걸어오던 염마가 세 사람을 향해 멀리서 도를 휘둘렀다.

그러자 염마의 도에서 불꽃이 일어나기 시작하더니 세 사람을 한순간에 태워 버릴 듯한 불꽃이 쏘아졌다.

'저건 염화멸천도……! 저 녀석이 백태진이 말하던 십마두의 무공을 따라하는 녀석인 건가!'

적마검은 자신의 검을 땅에 박았다. 그리고 두 사람을 향해 소리쳤다.

"내 뒤에 서라!"

적마검의 말에 두 사람은 적마검의 뒤편에 섰다.

세 사람은 적마검의 대검에 몸을 숨겨 겨우 불꽃을 피할 수가 있었다.

 무엇이든지 집어삼킬 듯한 불꽃이 세 사람의 양쪽으로 갈라져 쏘아졌다.

 닿으면 뭐든지 태울 것 같은 불꽃이 지나가자, 적마검은 얼굴을 살짝 검에서 빼어내 염마를 보았다.

 그러나 이미 염마는 적마검의 코앞까지 다가온 상태였다.

 "그렇군, 알았다!"

 염마는 뭔가를 알아차린 듯이 혼잣말로 중얼거리며 적마검의 대검을 향해 검을 휘둘렀다.

 쾅!

 엄청난 충격이 대검을 통해 적마검에게 전해졌다.

 결국 적마검은 그 충격을 이겨내지 못하고 뒤로 쓰러졌다.

 적마검이 뒤로 쓰러지는 것과 동시에 남궁설린과 유세영도 함께 자세가 흐트러졌다.

 "크… 괜찮으냐?"

 적마검이 곧바로 일어나며 함께 쓰러진 남궁설린과 유세영을 보며 말했다.

 "괜찮은 것 같습니다……."

 "저게 뭐야……! 불꽃을 쏘아 내다니… 저런 것이 어떻게 가능한 거지?"

남궁설린과 유세영도 다친 곳은 없어 보였지만 염마의 일격에 상당히 놀란 듯했다.

"저건 십마두의 한 명인 진유성의 염화멸천도다……."

"십마두의 무공……."

이미 두 눈으로 직접 천뢰벽력도를 보았던 남궁설린은 그제야 이 비정상적인 공격에 순응할 수 있었다.

"그래! 그 대검! 그런 대검을 사용하는 녀석 중에 강한 놈은 그 녀석밖에 없지. 적마검 이태용… 네가 그 녀석이냐?"

"……."

"아무 말도 하지 않는 것을 보니 맞는 것 같군. 영광이야. 이런 곳에서 십마두를 보게 될 줄이야."

"넌 도대체 뭐지? 그건 염화멸천도다. 그 무공을 사용하는 자는 염마도 진유성밖에 없을 텐데."

"크흐흐… 진유성이라… 그리운 이름이군."

염마는 웃을 듯 말 듯한 표정을 지었다.

"…진유성과 아는 사이인가?"

"아, 알고 있지. 잊을 래야 도저히 잊을 수 없는 이름이니까!"

염마의 불꽃이 더 강하게 타오르기 시작했다. 적마검은

그 순간 염마가 달려들 것이라 생각하고서 자신이 먼저 달려가 염마를 향해 검을 휘둘렀다.

염마도 동시에 적마검의 일격에 맞추어 도를 휘둘렀다. 두 검이 맞부딪히자 요란한 소리가 들렸다.

"큭……."

적마검은 자신이 밀리고 있다는 것을 알 수 있었다. 자신의 내공이 평소대로였다면 파괴력에 있어서 적풍폐천검이 밀릴 상황은 없었을 것이다.

하지만 지금은 그저 내공을 담지 않은 평범한 일격에 불과했다.

적마검은 충격에 의해 뒤로 밀려나 쓰러졌다.

"이걸로 끝이다!"

염마가 쓰러진 적마검을 향해 도를 휘둘렀다. 하지만 그 순간, 남궁설린이 적마검의 앞에 나타나 염마도의 도를 간신히 맞받아쳤다.

남궁설린이 중간에 끼어들어 자신을 방해하자 염마는 불쾌한 얼굴로 말했다.

"너는 뭐냐……."

"이쿤을 죽게 놔둘 수는 없다……."

"하하하하하! 참 웃기군. 누가 누구를 구하겠다는 거지? 너야말로 지금 당장에라도 쓰러질 듯이 비틀거리는 주제에."

"……."

염마는 일단 자신을 방해하는 남궁설린부터 죽이기로 결정했다.

"일단 너부터 먼저 태워주마. 어디부터 태워줄까… 그래, 네 그 아름다운 머리카락부터 태우는 것도 나쁘지 않겠군."

"…네 멋대로 하게 놔둘 수는 없다."

염마의 위협에도 남궁설린은 결코 두려워하는 내색을 하지 않았다.

"좋아… 그 표정을 내 일격을 받아낸 후에도 똑같이 지을 수 있는지 보겠다!"

염마는 자신을 두려워하지 않는 듯한 남궁설린에게 분노한 듯, 강하게 도를 휘둘렀다.

다시 한 번 강력한 불꽃이 남궁설린을 향해 빠르게 날아갔다.

"피해라!"

적마검이 자신의 앞을 막아선 남궁설린을 향해 소리쳤다.

"언니……!"

유세영도 안타깝게 남궁설린을 불렀지만, 남궁설린은 그

자리에서 움직이지 않았다.

그렇다고 염마의 불꽃을 없앨 수 있는 힘이 남아 있지도 않았다.

'…내겐 이제 남은 수가 아무것도 없다. 이렇게 죽는 것인가… 가가도 다시 보지 못하고…….'

남궁설린의 눈앞에 백태진의 모습이 아른거리는 듯했다.

'다시 한 번 예전처럼 나를 구해주러 오실까, 아니… 그런 일이 다시 일어날 수는 없겠지…….'

하지만 다시 한 번 백태진이 자신을 구해주러 와준다면 그 무엇보다 기쁠 것만 같았다.

남궁설린은 체념한 듯 눈을 감았다.

"언니! 안 돼!"

눈을 감고서 불꽃을 받아들이려는 남궁설린을 향해 유세영이 절규하듯 소리쳤다.

그런데 그때, 유세영의 뒤편에서 빠른 속도로 무언가가 지나갔다. 그리고 그것은 남궁설린의 앞에 섰다.

믿을 수 없는 일이 벌어졌다. 남궁설린을 향해 날아오던 화염이 두 쪽으로 갈라져 사라져 버렸다.

남궁설린은 시간이 지나도 뜨거운 화염이 자신을 덮쳐오지 않자 천천히 눈을 떠보았다.

그리고 눈물을 흘렸다.

왜냐하면 예전에 자신을 구해줬을 때와 같은 모습으로 백태진이 자신의 앞에 서 있기 때문이었다.

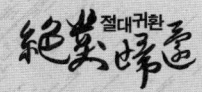

"…넌 누구냐."

염마는 자신의 불꽃을 가르고 이쪽을 향해 검을 겨누고 있는 백태진을 노려보았다.

자신의 불꽃을 갈랐기 때문에 경계하는 것도 있었지만, 눈치채지 못할 만큼 갑작스럽게 나타났다는 것도 염마의 경계심을 높였다.

"불꽃… 그렇다면 당신이 염마인가."

"뭔가, 마치 나를 알고 있기라도 하는 듯한 말투군. 나와 너는 분명 처음 만났을 텐데."

"아, 너에 대해서는 많이 들었지. 염마도 진유성에게 말이지."

"…하하하하! 그 녀석이 나에 대해서 말해줬다고? 그래, 그런 거였나……."

"……."

백태진은 큰 소리로 웃고 있는 염마를 두고서 남궁설린을 향해 돌아섰다.

"가가……."

남궁설린은 백태진이 눈앞에 있다는 것이 믿기지 않는 듯, 눈물을 그치지 못했다.

하지만 백태진은 남궁설린을 향해 화가 난 듯 크게 소리쳤다.

"설린 소저! 이곳에는 왜 오셨습니까! 이곳은 위험한 곳입니다. 제가 조금이라도 늦었더라면 설린 소저는 이미 죽은 목숨이었습니다."

"하지만… 가가를 만나기 위해서라면 이곳이 위험하다는 것을 알면서도 올 수밖에 없었어요."

"저를 쫓아오지 말라고… 말을 했는데도……."

"안 돼요… 가가께서 없으시면 안 돼요. 이제 저와 세영이 곁에서 떨어지지 마세요. 가가의 손에 죽게 되더라도… 언제나 곁에 있어주세요."

"……."

남궁설린의 말에 백태진은 침묵하며 남궁설린을 쳐다보았다.

두 사람이 자신을 놔두고서 태연하게 얘기를 나누고 있자, 염마는 웃는 것을 멈추고서 백태진을 향해 말했다.

"참 감동적인 재회군. 그리고 비극적이지. 곧바로 내 손에 죽게 될 테니까."

"……."

염마의 말에 백태진은 염마 쪽을 살짝 보더니 다시 남궁설린을 보며 말했다.

"알겠습니다… 앞으로는 아무 말도 없이 떠나지 않겠습니다. 그러니 설린 소저도 앞으로 무리한 일을 하시지 않겠다고 약속해 주십시오."

"…약속하겠어요."

"좋습니다. 그리고……."

백태진은 품에서 뭔가를 꺼내 들어 남궁설린의 손에 쥐어주었다.

남궁설린은 자신의 손에 쥐어진 것을 보고서 놀란 듯 두 눈이 커졌다.

"앞으로는 잃어버리지 마십시오."

"이건… 고마워요……. 이제 찾을 수 없을 거라고만 생각했어요."

 남궁설린은 자신의 손에 쥐어진 목걸이를 보고서 기쁜 듯했다.

 남궁설린에게 있어서 가장 소중하다고도 할 수 있는 것이었다.

 그걸 백태진이 찾아주었다는 것이 더 기뻤다.

 남궁설린이 목걸이를 쥐고서 기뻐하자, 백태진은 유세영을 향해 시선을 돌렸다.

 "세영아, 너도 고생 많았다. 이젠 내게 맡겨라."

 "오빠······."

 백태진을 발견한 유세영도 무척 기뻤지만, 남궁설린을 위해서 멀찍이서 백태진과 눈빛을 마주보는 것만으로 그 기쁨을 만끽하는 듯했다.

 "···나를 완전히 무시하는군."

 자신의 손에 죽을 것이라고 말했음에도 계속해서 자신이 없는 사람처럼 말하는 백태진의 태도에 마염의 분노가 절정에 치달았다.

 "나를 무시하는 녀석은··· 모두 태워주마!"

 마염의 분노가 불꽃이 되어 백태진을 향해 매섭게 쏘아졌다.

 아까 전과는 비교도 안 될 정도로 강력한 불꽃이었다.

"위험하다!"

적마검이 마염의 불꽃을 보고서 백태진을 향해 소리쳤다.

백태진은 그 소리에 천천히 마염을 향해 돌아서더니 들고 있는 검을 한 번 휘둘렀다.

그러자 백태진의 검에서 나온 바람이 마염의 불꽃을 휩쓸더니 불꽃을 분산시켰다.

결국 마염의 불꽃은 유리가 깨지듯 여러 갈래로 퍼지더니 사라져 버렸다.

"크… 배짱을 부릴 정도의 실력은 가지고 있다는 것이냐!"

백태진이 자신의 공격을 너무나도 쉽게 막아내자 마염은 계속해서 백태진을 향해 불꽃을 날렸다.

하지만 그때마다 백태진은 마염의 불꽃을 간단히 없애버렸다.

결국 마염은 공격을 중단했다. 이대로 계속해도 마염의 공력만 쓸데없이 소비할 뿐이었다.

다급해진 마염은 자신의 뒤편에 서 있는 부하들을 향해 소리쳤다.

"머릿수로 밀어붙여라! 한꺼번에 달려들어!"

마염의 말에 부하들은 일제히 검을 뽑아 들었다. 그리고 백태진을 향해 달려들었다.

 그들이 검을 뽑아 자신에게 달려들자, 백태진은 천천히 그쪽을 향해 걸어갔다.

 그렇게 백태진과 부하들의 거리가 점점 좁혀져 갔다.

 맨 앞에서 백태진을 향해 달려가던 부하가 백태진과 검이 닿을 정도의 거리까지 가까워지자 바로 검을 휘둘렀다.

 그런데 이상한 일이 벌어졌다. 백태진은 천천히 걸어가고 있는데 부하들이 검을 휘두르니 그 검이 백태진의 몸을 통과하는 것이었다.

 그리고 백태진을 향해 검을 휘두른 부하는 바닥에 쓰러졌다.

 그런 과정은 네 명이 다 쓰러질 때까지 계속되었다.

 백태진이 부하들을 지나쳐 자신에게 다가오자, 마염은 온몸이 굳어서 움직여지지 않았다.

 "뭐야? 그냥 걸어가는데 왜 적들이 쓰러지는 거야?"

 유서영은 방금 전 일어난 광경이 도무지 이해가 되지 않는 듯했다.

 방금 전에 일어난 일은 어느 정도의 실력을 가진 고수가 아니라면 알아볼 수 없을 정도로 빨랐다.

 유세영과 남궁설린을 제외한 사람들은 백태진의 움직임

을 정확히 볼 수 있었다.

"…정말 무서울 정도의 속도군. 검을 휘두르는 속도뿐만이 아니라 검을 피할 때의 움직임도 제대로 볼 수 없을 정도로 빨라질 줄이야……. 한층 더 성장했군."

적기욱이 백태진을 보며 말했다.

"저 정도는 공자님께 쉬운 일이지."

연나련은 백태진의 강함을 알고 있었기 때문에 오히려 이 정도는 별것도 아니라는 듯이 여겼다.

백태진이 그냥 지나갔는데 검이 몸을 통과한 것처럼 보인 이유는 백태진이 검을 피할 때 최소한의 움직임으로, 눈에 보이지 않을 정도로 빠른 속도로 검을 피했기 때문에 그렇게 보였던 것이다.

그리고 피하는 것과 동시에 마찬가지로 빠른 속도로 검을 휘둘러 적의 가슴을 정확히 베어냈다.

백태진 뒤편에 쓰러진 적들의 가슴에서 이제야 피가 흘러나와 바닥을 적시고 있었다.

그만큼 예리하고 정확하게 베인 것이다.

이런 굉장한 일을 하고서도 백태진은 태연한 모습으로 마염을 향해 걸어가고 있었다.

백태진이 다가오자 마염은 자신도 모르게 뒷걸음을 치고 있었다.

'내가 도망가는 것인가……. 아니, 그럴 수는 없다! 나보다 강한 사람은 림주와 마종만으로 충분하다! 다른 녀석이 있어서는 안 돼!'

궁지에 몰린 적만큼 상대하기 쉬운 것도 없었다. 마염은 결국 자신의 무덤을 파버렸다.

"으아아아아—!"

마염은 공포에 질린 목소리와 함께 백태진을 향해 달려들었다. 그 움직임이 너무나도 직선적이라 빈틈이 너무 많이 보였다.

"……."

마염이 죽여달라는 듯이 달려들자, 백태진도 한순간 마염을 향해 달려들었다.

그리고 그런 백태진이 나타난 곳은 마염의 바로 뒤편이었다.

서로를 지나친 두 사람은 한동안 그대로 멈춰 있었다. 그렇게 움직이지 않던 두 사람 중에서 먼저 움직인 사람은 백태진이었다.

백태진은 검을 검집에 넣으면서 작게 중얼거렸다.

"음형무참."

탁—

백태진이 검을 검집에 넣는 순간, 마염의 가슴에서 피 분

수가 솟아올랐다.

 마염의 가슴에는 어느새 커다랗게 칼자국이 남아 있었다.

 마염은 피를 뿜으며 쓰러질 때까지 자신이 어떤 공격에 무너졌는지 조차 알지 못하며 목숨을 잃었다.

 적마검조차 상대하기 껄끄럽던 다섯 명의 고수를 백태진은 혼자서 일순간에 해치워 버렸다.

 "마염을 저렇게 간단히… 어쩌면 적무태를 이길 수 있을지도 모르겠군."

 여기까지 올라오면서 적기욱은 적무태를 쓰러뜨리기 위해서는 자신과 백태진이 죽을힘을 다해 힘을 합쳐야만 간신히 가능하다고만 생각했다.

 하지만 방금 전 백태진의 움직임을 보고서는 그 생각을 고쳤다.

 자신의 도움이 필요 없더라도 백태진 혼자서 적무태를 이길 수 있을 것만 같았다.

 적들을 혼자서 처리한 백태진은 다시 뒤돌아서서 시체들을 유유히 지나쳐 일행을 향해 걸어갔다.

 "이제부터는 저와 연 소저, 그리고 기욱이 전투를 맡겠습니다. 다른 세 사람은 내공도 이미 고갈된 듯하니 이곳에서 쉬고 계십시오."

"그럴 수는 없다. 간신히 여기까지 왔는데 도움이 되지 못하더라도 함께 이동하면 안 되겠나?"

"위험할 수도 있습니다."

"그래도 상관없네. 내가 이곳에 온 목적이 이 위층에 있으니 말이야……."

적마검은 무슨 일이 있더라도 함께 가려는 듯했다.

"저도 함께 가고 싶어요."

"나도, 만난 지 얼마 되지도 않았는데 또 떨어져 있으라는 거야?"

남궁설린과 유세영도 백태진과 함께 움직이고 싶어 하는 듯이 보이자, 백태진은 결국 동행하는 것을 선택할 수밖에 없었다.

"좋습니다. 그럼 함께 이동하도록 하죠. 하지만 세 사람은 전투에는 참가하지 않는 것으로… 그 약속만 지켜주십시오."

백태진이 약속을 받아내려는 듯 세 사람을 쳐다보자 세 사람은 고개를 끄덕였다.

"좋습니다. 이제 시간이 없으니 어서 이동하도록 하죠."

"그전에 한 가지 묻고 싶다. 어째서 소교주님이 너와 함께 있는 거지? 그리고 이 녀석은 또 누구지?"

"……."

적마검의 질문에 백태진은 잠시 침묵했다.

"소교주……? 소교주라면 마교의 소교주란 말씀이신가요?"

"그렇다. 이분이 바로 마교의 소교주이신 연나련님이시다."

적마검이 연나련을 가리키며 말하자, 남궁설린과 유세영은 상당히 놀란 듯했다.

적기욱도 연나련의 정체를 몰랐기에 적잖이 놀라 보였다.

"도대체 어떻게 된 일입니까, 소교주님?"

"설명을 하려면 시간이 많이 걸립니다. 어쨌든 중요한 것은 제가 백 공자님과 함께 파림의 우두머리이자 전 십마두였던 적무태를 처단하러 왔다는 것입니다."

"적무태… 그 자가 파림의 우두머리라고 말씀하셨습니까?"

적무태라는 말에 적마검의 두 눈이 커졌다. 적마검은 적무태를 직접 만나보지는 못했지만 전 십마두로서 그 명성은 잘 알고 있었다.

마지막에 마교를 말도 없이 떠나 버려서 후세에 좋게 남지는 않았지만, 젊은 나이에 십마두의 자리에 오르고, 그 실력도 다른 십마두와 비교하면 월등히 뛰어나 재능만큼은 역대 십가두 중에서 가장 강력하다고 알려져 있었다.

"그렇습니다."

"그런 자가 파림의 우두머리일 줄이야……."

"우리는 그자를 굴복시켜서 전쟁을 막아야만 합니다."

"전쟁을 막다니……."

"이미 마교와 정파는 한계까지 갔습니다. 이것을 되돌리기 위해서는 모두의 눈앞에서 적무태가 직접 해명을 하는 수밖에 없습니다."

연나련의 말에 남궁설린이 굳은 얼굴로 연나련에게 물었다.

"한계까지 갔다니… 그 말은 전쟁을 시작했다는 의미로밖에 들리지 않습니다만."

"이미 무림맹이 신강까지 진격을 해왔습니다. 현재 마교와 무림맹은 서로 대치 중이며, 일촉즉발의 상황입니다."

"설마……."

소식이 늦게 전해져, 아직 남궁설린은 그 사실을 모르고 있었다.

"사실입니다. 남궁진 대협도, 백이도… 지금 전장에 있습니다."

"그런……."

백태진이 말하니 남궁설린은 그 사실을 믿을 수밖에 없었다.

"그런 이유로 우리들은 어서 서둘러야 합니다. 적무태를 제압할 수 있더라도 그가 순순히 자신의 죄를 인정할 거라고 보장할 수는 없습니다. 여러 불확정 요소가 있는 이상, 서둘러서 일을 처리하는 것밖에 불확정 요소를 줄일 방법은 없습니다."

"그래… 그런 것이라면 어서 서둘러야겠지."

백태진의 말을 듣고서 모두 더 이상 시간을 지체할 수는 없다는 것을 깨달았다.

그렇게 백태진 일행은 마지막 층, 적무태가 있을 것이라고 추측되는 십 층을 향했다.

십 층의 공기는 그야말로 짙은 안개 속을 걷는 기분을 느끼게 했다.

 끝이 보이지 않는 앞을 걸어가는 기분.

 분명 앞은 보이지만 그 너머에 무언가 존재할 것만 같은 불안감이 들었다.

 "이 공기는… 적무태의 것이다. 이 층에 분명히 적무태가 있어."

 적기욱은 확신하듯 말했다.

 적기욱의 말에 모두의 긴장감은 더욱더 고조되는 듯했다.

그때였다.

어둠 너머에서 어떤 소리가 들려왔다. 갑자기 소리가 들리자 백태진과 다른 이들은 걸음을 멈추고 어둠 너머를 주시했다.

텅— 텅— 텅—

어둠 너머에서 들려오는 소리는 도저히 걸음걸이로는 들리지 않았다.

보통의 걸음걸이와는 다른 소리. 마치 사람이 두발로 뛰어다니는 것 같은 소리였다.

백태진과 다른 이들은 이 소리의 정체를 알 수 없었으나, 연나련과 적마검은 이 소리의 정체를 알 것만 같았다.

"조심해요! 이건 강시가 움직이는 소리입니다!"

연나련의 말에 다른 이들은 상당히 놀란 얼굴을 했다.

"기욱! 파림에 강시가 있다고 왜 말해주지 않았나?"

백태진이 적기욱을 보며 말했다. 하지만 적기욱도 강시가 있다는 사실은 전혀 모르고 있었던 듯, 그도 적잖이 놀란 얼굴이었다.

"강시라니… 나는 그런 것은 전혀 모르고 있었어!"

"그렇다면 비밀리에 강시를 준비했었다는 소리군……."

지금 중요한 것은 적기욱이 강시의 존재를 숨겼냐는 것이 아니다. 상당히 골치 아픈 상대가 눈앞에 나타났다는 것이다.

잠시 후, 어둠속에서 강시 군단이 서서히 그 모습을 드러냈다.

대부분이 평범한 철강시였으나, 그중에 드문드문 전신이 붉은빛으로 물들은 강시가 보였다.

"혈강시까지 있다니……. 조심하세요! 철강시는 그렇게 강하지 않지만, 혈강시는 강합니다!"

연나련이 모두에게 충고의 말을 했다. 하지만 사람들은 연나련의 말이 그다지 귀에 들어오지는 않는 듯했다.

삐리리리―

어디선가 들려오는 피리 소리, 그 소리가 들리자 강시들의 움직임이 한순간 멈췄다.

그리고 다시 한 번 피리 소리가 들리자 강시들이 일제히 백태진 일행을 향해 달려들었다.

백태진 일행은 검에 검기를 두른 상태로 강시들에게 맞섰다.

강시들은 기본적으로 검기 이상의 수법으로 공격하지 않으면 베어지지 않는다. 그건 무림에 알려진 기본적인 상식이었다.

강시를 사용하는 이는 마교를 제외하고서는 별로 존재하지 않았지만, 사용하지 않는다고 해서 강시를 처리하는 방법을 몰라서는 안 되었다.

강시의 처리법을 알아야 강시에게 당하지 않기 때문이다.

선두로 나선 적기욱이 강시의 목을 향해 검을 휘둘렀다.

적기욱의 검은 강시의 목을 자르는 듯하더니, 강시의 피부를 살짝 자를 뿐 이내 검이 튕겨져 나왔다.

자신의 검이 튕겨져 나오자 적기욱은 몸을 돌려 다시 한 번 강시의 목을 향해 검을 휘둘렀다. 하지만 결과는 마찬가지, 반대편 목을 향해 검을 내질러도 적기욱의 검은 강시의 피부를 자르지 못했다.

적기욱의 공격이 통하지 않자, 강시의 손톱이 적기욱의 목을 향했다.

"기욱!"

적기욱이 고전을 면하지 못하자, 백태진이 적기욱의 앞에 나타나 강시의 팔을 향해 검을 휘둘렀다. 하지만 어쩐 일인지 백태진의 검도 강시의 팔을 절단하는 게 그리 깔끔하지 못했다.

잘라냈다기보다는 둔기로 팔을 떼어낸 것만 같았다.

"이게 어떻게 된 일이지? 분명히 검기를 둘렀을 텐데……."

적기욱은 자신이 강시를 상대하지 못할 만큼 약하다고는 생각하지 않았다.

감옥에 있는 사이에 자신이 터무니없이 약해졌다는 것 이외에는 이 상황을 설명할 방법이 없었다.

"알겠다……. 사기! 사기 때문이야! 강시는 이미 죽은 몸, 사기를 사용해서는 강시를 이길 수 없어!"

백태진은 곧바로 적기욱의 검이 강시를 통과하지 못하고 자신 또한 깔끔하게 강시의 신체를 절단시키지 못한 이유를 파악했다.

그래서 얻어낸 답이 바로 사기였다.

수라귀혼검을 사용하는 적기욱은 순전히 사기만을 이용하여 검기를 만들어내는 반면, 자신은 사기와 원래의 내력을 섞어서 검기를 만든다.

적기욱이 완전히 강시의 신체를 잘라내지 못한 것과, 자신이 그나마 신체의 일부를 절단할 수 있었던 차이가 여기에 있다고 백태진은 생각했다.

"크… 만약 네 말이 사실이라면 나와 강시는 상극이다. 난 이미 내력이라고 부를 수 있는 것이 몸 안에 없어. 내게 남은 것은 순전한 사기뿐이지."

"그렇다면 어쩔 수 없다. 기욱, 너는 이 전투에서 뒤로 빠져!"

백태진의 말에 적기욱은 어쩔 수 없이 뒤로 물러났다.

어차피 강시와의 싸움에서 자신이 할 수 있는 것은 아무것도 없었다.

같이 싸운다면 오히려 다른 이들의 방해가 될 것 같았다.

이제 싸울 수 있는 사람은 백태진을 제외하면 연나련뿐이었다.

적마검과 남궁설린, 유세영도 강시와 대적하고는 있었지만 제대로 된 전력이 되지는 못했다. 적기욱도 방금 전 그 대열에 합류하게 되었다.

"연 소저! 강시들은 저희끼리만 막아야 합니다!"

"하지만 공자님도 사기를 쓰시잖아요? 강시와 어떻게 싸우실 생각이세요?"

"사기를 억제해 볼 겁니다. 제 의지로 사기를 쓸 수 있다면, 억제도 가능할 것입니다."

"…알겠습니다. 그럼 강시들은 제가 잠시 막도록 하겠습니다."

연나련은 그렇게 말하면서 강시들을 향해 손을 뻗었다. 그러자 연나련을 향해 다가오던 강시들의 움직임이 일제히 멈췄다.

"크……."

하지만 연나련은 상당히 괴로운 듯 보였다. 연나련의 무공, 무수마장권은 무형의 손을 만들어 적을 공격하는 무공이었다.

연나련은 만들어낸 무형의 손으로 강시들의 목을 제압하고 있었다.

보통 사람이라면 단번에 숨이 턱 막혀서 제대로 움직이지도 못할 것이다.

하지만 강시가 상대라면 달랐다. 강시들은 이미 죽은 시체, 호흡을 하지 않는다.

여전히 강력한 힘으로 밀고 들어오는 강시들의 움직임을 멈추는데 사용하는 내력의 양이 장난이 아니었다.

이것 말고 연대후가 백태진에게 했던 것처럼 마제강권을 이용하여 강시들의 몸 자체를 짓누를 수도 있었지만, 연나련의 수준으로는 마제강권을 사용하면 다른 곳에 신경을 집중시킬 수 없었다.

즉, 마제강권은 적 한 명만을 상대할 수 있었다. 백태진이 사기를 제거할 동안 시간을 벌기 위해서는 이러는 수밖에 없었다.

연나련이 막고 있는 틈에 백태진은 자신의 몸 안에 있는 사기를 없애 보려고 했다.

지금까지 제대로 자신의 몸을 살펴보지 못했는데, 설마

이런 상황에서 보게 될 줄은 몰랐다.

'예전부터 내 몸 안에 원래 내력이 흘러나오는 단전 말고도 이질적인 단전이 하나 더 생겨났다는 것은 알 수 있었다. 사기는 분명히 그곳에서 나오는 걸 거다.'

지금까지 또 다른 인격이 튀어나올까 봐 건드리지 못했던 그 단전을 지금 이 순간에 건드려야 한다는 것은 정말로 괴로운 선택이었다.

건드리지 않으면 강시들을 상대할 수 없을 것이고, 건드린다면 잠잠했던 인격이 또다시 미쳐 날뛸지도 몰랐다.

백태진은 그 자리에서 가부좌를 틀었다. 위험한 방법이었지만 연나련을 믿고서 앉은 것이다.

서서 단전을 건드리는 것보다 이렇게 하는 것이 인격을 빼앗기지 않을 확률이 더 높을 것이라 생각한 것이다.

백태진은 천천히 구결을 외우며 호흡을 했다.

그와 동시에 내력이 들어가는 경락을 온몸으로 느꼈다.

그러자 백태진은 두 개의 단전에 대해서 좀 더 알 수 있었다.

'단전호흡을 통해서 들어가는 내력이 어느 순간에 두 갈래로 갈라져 각각의 단전에 공급되고 있다는 것을 알 수 있다. 한곳에는 원래의 내력으로 남지만 다른 단전에는 내력이 들어가는 순간 사기로 바뀌는구나……'

백태진은 사기로 변하는 단전으로 들어가는 경락을 자신의 의지로 차단할 수만 있다면 임의로 사기를 발산하지 않을 수 있다고 생각했다.
 백태진은 다시 한 번 사기로 변하는 단전으로 들어가는 경락을 찾았다.
 그러자 백태진은 간신히 두 갈래로 갈라지는 경락을 찾을 수가 있었다.
 '왼쪽에 위치하는 경락은 본래의 단전으로 이어진 경락이다. 그렇다면 오른쪽의 경락을 차단하면 되겠군.'
 하지만 막혔던 경락을 뚫는다는 얘기는 들어봤어도 뚫려진 경락을 다시 막는다는 얘기는 그 어디에서도 들어본 적이 없었다.
 백태진은 과연 경락을 막을 수 있는 것이 가능할 수 있겠냐는 의문도 들었지만 이 상황에서는 어떻게든 할 수밖에 없었다.
 '좋아… 천천히 해보자, 급하게 할 필요는 없어. 서두르면 오히려 일을 망칠 뿐이다.'
 백태진은 천천히 호흡을 내쉬면서 경락을 막을 방법을 궁리해 보았다.
 그러다가 문득 백태진의 머릿속에 떠오른 방법이 있었다.

'또 다른 단전으로 향하는 경락을 내 본래의 내력으로 막아본다면 어떻게 될까.'

백태진의 내력은 현재 자신의 의지와는 상관없이 내력과 사기가 섞여서 나오고 있었다.

하지만 백태진은 본래부터 그런 것은 아니라는 것을 알 수 있었다.

내력과 사기가 합류하는 경락이 있었다.

그곳부터 두 개의 힘이 섞여서 백태진에게 공급되는 것이다.

그렇다면 두 개의 힘이 섞이기 전에 사전에 길목을 차단해 버리면 간단한 일이었다.

문제는 그것을 어떤 방법으로 차단 하냐는 것인데, 백태진은 내력을 생각해 냈다.

사기와 내력이 완전히 섞이지 않은 곳도 있다는 것을 발견하고서 생각해 낸 것이다.

'시도해 볼 가치는 있다. 나의 내력이라면 충분히 사기를 막아줄 수 있을 거야.'

시간이 다급했다. 백태진은 생각해 낸 방법을 곧바로 시행했다.

'본래 단전의 내력을 평소보다 더 끌어내 보자. 평소대로 내력을 끌어올리지 말고 의식하며 끌어내는 것이다. 그

리고 그것을 천천히 사기가 있는 단전 쪽으로 주입하면…….'

　백태진은 머릿속으로 방법을 생각하며 경락에서 흐르는 내력을 자신의 의지대로 움직이기 시작했다.

　백태진의 내력은 본인의 의지대로 움직이기 시작했다. 그리고 내력을 끌어올리는 힘을 증폭시키자, 천천히 백태진의 내력이 두 갈래로 갈라지는 경락으로 치고 올라왔다.

　그리고 백태진은 간신히 끌어올린 자신의 내력을 또 다른 단전으로 이동시키기 시작했다.

　하지만 그것이 쉽지가 않았다. 잘만 섞였던 두 개의 힘은 백태진이 의지대로 움직이자 서로를 밀어내려는 듯이 거칠게 저항했다.

　현재 백태진의 몸에 흐르는 경락을 색깔로 본다면 푸른색이 검은색의 길을 도중에 차단하고 있는 것으로 보일 것이다.

　'성공이다……. 깊숙이 들어가지는 못했지만, 어쨌든 들어가는 길목을 차단했다. 이제 이것으로 순수한 내력만을 사용할 수 있을 거야.'

　백태진은 현 상태를 유지하며 천천히 자리에서 일어났다. 백태진이 자리에서 일어나는 것과 동시에, 연나련은 힘을 다 써버린 듯 강시들을 막고 있던 무형의 손을 없애 버렸다.

그러자 강시들은 고삐 풀린 맹수처럼 백태진을 향해 달려들었다.

그때, 백태진의 검에 푸른 기운이 솟아오르기 시작했다. 순수하게 백태진의 원래 내력으로만 만들어진 검강이었다.

순수하게 자신의 내력으로만 이루어진 검강을 보며 백태진은 한 번 씨익 웃고서는 강시들을 향해 달려갔다.

백태진의 검이 다시 한 번 강시의 목을 향해 내려쳐졌다. 그러자 이번에는 백태진의 검이 막힘없이 강시의 목을 절단했다.

하지만 강시는 목이 절단되어도 죽지 않았다. 강시는 목이 잘려진 채로 백태진을 향해 손톱을 휘둘렀다.

백태진은 자신에게 향하는 강시의 손을 잘라 버렸다. 그러자 강시는 멀쩡한 다른 쪽의 팔을 백태진에게 향했다. 백태진은 결국 강시의 몸을 완전히 조각내 버렸다. 그러자 강시의 조각난 몸은 꿈틀꿈틀거리더니 이내 움직임이 멈춰 버렸다.

"공자님! 강시술사를 찾으세요! 강시술사를 죽이지 않는 이상 이 강시들은 멈추지 않을 거예요!"

멀리서 소리치는 연나련의 말에 백태진은 강시술사를 찾

기 위해서 더 깊숙한 곳으로 달려갔다.

중간에 강시들이 달려들었지만, 백태진은 몸을 완전히 이등분으로 잘라 더 이상 그를 쫓아오지 못하도록 만들어 버렸다.

조금 더 깊숙이 들어가자, 백태진은 피리를 들고 있는 한 남성을 발견할 수 있었다.

강시술사로 추정되는 남성은 백태진이 자신을 발견하자 다급하게 피리를 불기 시작했다.

"이걸로 끝이다!"

백태진은 강시술사의 목숨을 끊기 위해서 회심의 일격을 날렸다. 그러나 그런 백태진의 일격은 무언가에 의해 가로막혔다.

전신이 새빨간 강시, 혈강시가 백태진의 공격을 막은 것이었다.

'철강시와는 비교도 안 될 정도로 단단하다.'

백태진의 검은 혈강시의 팔을 반쯤 밖에 베지 못했다.

백태진은 일단 혈강시에게서 물러났다.

"혈강시가 있는 이상, 나를 공격할 수는 없을 것이다!"

강시술사는 자신의 앞에 나란히 서서 자신을 철벽으로 방어하는 혈강시들을 보며 만족스러운 듯이 웃으며 소리쳤다.

"혈강시는 마교에서도 금지된 강시다. 그 이유는 혈강시를 제작하는데 있어서 어린아이의 피가 필요하기 때문이지. 이 혈강시들을 만드는데 도대체 몇 명의 아이를 죽인 거지?"

"흐흐흐… 그건 내 알 바가 아니다. 내가 필요하다고 말하면 어디서든 그런 피는 구해왔으니까."

"…알았다. 곧 너의 피로 그 강시들을 적시게 해주마."

"소용없다! 이 혈강시들을 지나서 나를 공격하는 것은 불가능하다!"

"……."

강시술사가 뭐라고 말하든 백태진은 천천히 검을 쥔 손을 움직이며 자세를 잡았다.

무릎을 살짝 굽히고서 검을 든 오른손을 살짝 뒤로 빼며 검끝은 혈강시 너머에 있는 강시술사를 향했다.

"그 멀리서 나를 찌르기라도 할 건가?"

"그건 곧 알게 될 것이다."

백태진의 말과 동시에 검에 내력이 집중되기 시작했다. 내력이 얼마나 검에 모였는지, 백태진의 검은 당장에라도 폭발할 것만 같이 요동쳤다.

백태진의 행동에 불안해진 강시술사는 혈강시뿐만이 아니라 철강시도 모두 자신의 앞에 불러 모아 나란히 세워 강시들로 이루어진 방어벽을 만들었다.

"크하하하! 이걸로 내 방어벽은 더 견고해졌다! 이 세상에서 가장 단단한 이 방어벽을 뚫을 수 있겠는가!"

"…비룡신쟁!"

강시술사가 뭐라고 하든 간에 백태진은 상관하지 않고서 폭발할 듯이 내력이 모인 검을 강시술사를 향해 찔러 넣었다.

내력으로 이루어진 검날이 솟구치기 시작하더니 강시들을 꿰뚫기 시작했다.

"소용없다!"

"……"

백태진은 묵묵히 검에 내력을 주입했다. 푸른 검날은 앞쪽에 세워둔 철강시들의 배를 모두 꿰뚫고서 혈강시로 향했다.

혈강시로 진입하자 아까보다 배를 꿰뚫고 지나가는 속도가 조금 더뎌졌다.

이윽고 백태진의 검날은 혈강시 한 마리를 남겨두고서 멈춰졌다.

"…크하하! 막았다! 막았어! 조금 아슬아슬했지만 역시 너는 나를 공격하지 못해!"

"……!"

그때 백태진이 순간적으로 폭발적으로 내력을 끌어올려 검에 집어넣었다. 그러자 멈췄던 푸른 검날이 순식간에 길어지면서 강시술사의 배를 꿰뚫고 지나갔다.

  강시술사는 자신의 배를 꿰뚫고 지나간 푸른 검날을 보며 믿을 수 없다는 듯이 두 눈을 크게 뜨고 피를 토했다.

  백태진이 검을 거두자 약 이십 마리의 강시와 강시술사를 관통한 검날이 사라져 버렸다. 동시에 강시들과 강시술사가 쿵 소리를 내며 쓰러졌다.

  백태진이 강시술사를 쓰러뜨리자 멀리서 지켜보던 일행이 백태진에게 다가왔다.

  "그런 것은 처음 봤어요! 역시 공자님은 굉장해요!"

  "과찬이십니다."

  연나력이 백태진을 칭찬하자 백태진은 살짝 부끄러운 듯 겸손한 태도를 보였다.

  "수고했어."

  "아… 사기를 억제하느라 조금 고생했지."

  "그나저나 사기는 어떻게 억제한 거지?"

  "지금 내 몸의 하단전은 두 개로 나뉘었다. 하나는 내 본래의 내력이 흐르는 곳, 다른 하나는 사기가 흐르는 곳이지. 그중 사기가 흐르는 단전으로 향하는 경락을 본래의 내력으로 가두었어."

백태진의 말에 적기욱은 고개를 끄덕이며 조금 심각한 얼굴로 말했다.

"괜찮은 건가? 억지로 사기를 누른다면 몸에 무리가 가지 않을 리가 없는데……."

"아직은 별 이상이 없군. 이 상태를 유지하는 것이 조금 힘들기는 하지만."

"…천천히 원래대로 돌려."

"알겠다."

백태진은 다시 가부좌를 틀고서 자리에 앉았다. 그리고 천천히 호흡을 하면서 조금씩 사기의 단전으로 흐르는 경락을 막고 있는 내력을 조금씩 뒤로 물렸다.

'이 속도로 조금씩 치우면 된다. 조금씩…….'

백태진은 최대한 조심스럽게 내력을 움직이고 있었다. 그러나 마침내 막아놓았던 입구를 거의 다 치울 때쯤, 사기가 폭발하듯 튀어나와 전신의 경락으로 흘러갔다.

"크윽—!"

갑자기 사기가 미쳐 날뛰기 시작하자 백태진은 괴로운 듯 피를 토했다.

지금까지 무리하게 막아두었던 탓에 제어하지 못할 양의 사기가 한꺼번에 경락으로 흘러 버린 것이다.

"가가!"

갑자기 백태진이 피를 토하자 주변에 있던 사람들은 모두 놀랐다.
 "잠깐! 내가 상태를 좀 보도록 하지."
 적기욱은 그렇게 말하며 백태진의 뒤에 자리 잡고 앉아 등에 손바닥을 대었다.
 백태진의 등에 손을 댄 적기욱의 얼굴이 급격하게 어두워졌다.
 "백 공자님은 도대체 어떤 상황인 거죠?"
 "……"
 연나란의 말에 적기욱은 잠시 침묵하더니 입을 열었다.
 "무리하게 사기를 막아둔 탓에 한꺼번에 사기가 온몸의 경락을 헤집고 다니고 있습니다. 이대로 두다가는 태진이의 몸이 버티지 못할 겁니다."
 "몸이 버티지 못하다니… 그게 도대체 무슨 소리죠?"
 "저도 제 무공의 특성상 사기를 쓰고 있습니다만 그 양을 조절하고 있습니다. 이렇게 많은 양을 한꺼번에 끌어올리면 아무리 저라도 몸이 버텨내지 못합니다. 몸이 급격하게 노화되거나 사기가 날뛰기 시작하면 폭발할 수도 있습니다. 태진이의 경우에는……."
 "어떻게든 할 수 없나요?"
 "……"

'이 상태는 위험하다. 나와 싸웠을 때의 그 인격이 다시 한 번 나올 수도 있다. 그전에 몸이 버티질 못해!'

아무튼 이 상태로는 백태진은 무사하지 못할 것이 뻔했다.

적기욱은 괴로워하는 백태진과 주변에서 걱정스럽게 백태진을 보는 사람들을 보았다. 특히나 남궁설린은 거의 울부짖고 있었다.

적기욱은 결국 큰 결심을 하기로 했다.

"…단 한 가지 태진이를 살릴 방법이 있습니다."

"그게 무슨 방법이죠?"

"제가 태진이의 사기를 받아들이는 겁니다. 그걸로 태진이의 몸 안에 있는 사기의 양을 어느 정도 조절할 수 있을 것이고, 다시 두 힘이 적절한 비율을 맞추며 안정적인 상태가 될 수 있을 겁니다."

"그렇다면 어서 그 방법을!"

"……."

적기욱은 연나련의 말에 대답하기를 머뭇거렸다. 적기욱이 뭔가 이상하다는 것을 눈치챈 것은 적마검이었다.

"그 방법을 사용하면 네가 위험해질 수도 있겠군."

"……."

적마검의 말에 적기욱은 아무 대답도 하지 않았다.

"그게 무슨 말이죠?"

영문을 모르는 연나련은 적기욱을 보며 말했다. 그러자 적기욱은 천천히 말하기 시작했다.

"이 방법은 순전히 태진이의 사기를 제 몸으로 옮기는 것입니다. 태진이가 안정을 찾을 때까지 제가 흡수해야 할 사기의 양이 얼마인지 모릅니다. 만약 제가 수용할 수 있는 허용치를 넘어선다면… 제 몸이 사기를 이기지 못하고 터져 버리겠죠."

"그런……."

적기욱의 말을 들은 연나련은 더 이상 적기욱에게 그 방법을 시행하라고 말할 수 없었다. 백태진의 목숨은 살리고 싶었지만, 적기욱에게 본인의 목숨까지 위험해지는 상태를 강요할 수는 없던 것이다.

그때 남궁설린이 적기욱에게 매달리며 말했다.

"제발… 제발 가가를 살려주세요. 이대로 죽으시면 안 돼요……. 제발……."

"……."

남궁설린을 보는 사람들은 너무나도 그녀가 안타까웠다. 이제 결정은 적기욱 본인에게 달렸다. 아무도 적기욱에게 그 방법을 시행하라고 강요하지 않았다. 그저 적기욱의 대답을 기다릴 뿐. 하지만 이대로 시간이 지난다면 백태진의 상태는 더더욱 악화될 뿐이었다.
"…좋습니다. 그렇게 하도록 하죠."
"감사합니다……! 정말로 감사합니다……."
적기욱의 말에 남궁설린은 눈물을 흘리며 적기욱에게 몇 번이고 고맙다고 말했다.
"정말로 괜찮겠나? 자네의 목숨이 위험한 일이네."
적마검의 말에 적기욱은 태연하게 웃으며 말했다.
"어차피 이 목숨은 태진이에게 맡겨진 것입니다. 이제 와서 제 목숨을 아껴봤자 달라질 것은 없습니다. 태진이의 목숨을 살릴 수 있다면 기꺼이 제 목숨을 바칠 것입니다."
"…그래, 알겠네."
적마검은 적기욱의 각오를 느낀 듯 더 이상 아무 말도 하지 않았다.
결심을 마친 적기욱은 곧바로 백태진의 상의를 벗기고 등에 두 손을 얹었다.
등에 적기욱의 손이 닿자 백태진은 고통에 괴로워하며 간신히 적기욱을 향해 말했다.
"안 돼… 나 때문에 네 목숨이… 크윽……!"
"가만히 있어. 무림은 아직 너를 필요로 하고 있다."
"기욱……."
"시작한다."

백태진의 몸에 있던 사기가 백태진과 맞닿은 적기욱의 손을 통해서 적기욱의 몸으로 흘러 들어갔다.

백태진의 몸 안에 있던 사기가 생각보다 강력하자, 적기욱의 표정이 살짝 일그러졌다.

'이것이 귀령검에 있던 사기인가… 이런 것을 용케 몸 안에 가두고 있었군…….'

적기욱은 시간을 들여 천천히 백태진의 몸에서 독을 추출하듯 사기를 뽑아냈다.

그렇게 시간이 지날수록 백태진의 경락 흐름은 안정되는 반면, 적기욱의 경락에는 이미 허용 범위를 넘어선 사기들이 계속해서 흘러 들어가고 있었다.

"크윽……."

적기욱의 입에서 피가 흘러나왔다. 이제는 완전히 입장이 바뀌어 버렸다. 이제 위험한 것은 백태진이 아니라 적기욱이었다.

"기욱… 이제 그만해! 더 이상 사기를 받아들였다가는 네가 정말로 위험해!"

"조금만·· 조금만 더……."

서로 내력의 흐름이 연결된 상태에서 움직이는 것은 서로가 위험해지는 탓에 백태진은 움직일 수도 없었다.

그렇게 적기욱은 백태진의 내력의 흐름이 완전히 안정될

때까지 사기를 빨아들이고 나서야 백태진에게서 손을 뗐다.

적기욱이 손을 떼자마자 백태진은 적기욱을 향해 돌아보며 소리쳤다.

"기욱! 정신차려!"

적기욱은 이마에서 땀을 뻘뻘 흘리며 괴로운 얼굴로 바닥에 고꾸라졌다.

그리고 양손으로 자신의 팔을 쥐어뜯을 듯 강하게 자신의 옷을 움켜쥐며 울부짖었다.

"크윽… 으아아악—!"

적기욱의 고통스런 외침이 십 층 전역에 울려 퍼졌다.

"으아아악—!"

적기욱은 고통스러워하며 바닥을 굴러다녔다. 사기가 적기욱의 몸에서 이리저리 날뛰는 듯, 적기욱의 몸에서 불룩불룩 뭔가가 튀어나오려고 했다.

그것만 보아도 현재 적기욱이 얼마나 괴로운지 느껴지는 듯했다.

지금 이 순간, 고통스러워하는 적기욱을 보는 것이 가장 괴로운 사람은 백태진이었다.

"기욱……!"

"으으으으……."

"기다려! 다시 내 쪽으로 사기를 옮길 테니까!"

백태진이 적기욱의 등에 손을 얹자, 적마검이 백태진의 손을 잡고서는 적기욱의 등에서 뗐다.

"이거 놓으십시오!"

"흥분하지 마! 더 이상의 접촉은 상태를 더 악화시킬 뿐이다. 자칫 잘못하면 두 사람 전부 죽을 수도 있어!"

"…젠장!"

적마검의 말에 백태진은 평소에 잘 하지 않는 흥분을 하며 소리쳤다.

그리고 괴로워하는 적기욱의 앞에서 어떻게 해야 할지 몰라 하며 안절부절못했다.

그러다가 적기욱의 앞에 무릎 꿇고 앉으며 간절한 듯이 말했다.

"기욱… 제발… 제발 죽으면 안 돼. 네가 죽으면 난 어떻게 살아가라는 거야……. 네 목숨으로 살아봤자 전혀 기쁘지 않아."

"으으으……."

"사기 따위에 져서는 안 돼. 그런 것 따위에 져서는 안 돼……."

평소의 강한 모습과는 달리, 친구의 죽음 앞에 너무나도

약해진 백태진의 모습에 주위 사람들은 그저 안타깝게 그 모습을 보았다.

"하아… 하아……."

적기욱의 호흡이 점점 거칠어졌다. 그리고 온몸에 열이 펄펄 끓어올랐다.

"태진……."

"그래, 나 여기 있어."

"아무래도 나는 얼마 버틸 수 없을 것 같다……."

"…그런 말 하지 마!"

"들어줘… 내가 죽으면 적무태를 막을 수 있는 유일한 사람은 바로 너야. 적무태는 제정신이 아니다. 나도 한 때는 그를 유일한 혈육이라고 생각했지만 그는 그저 이 세상을 파괴하려는 살인자일 뿐이야. 자신의 자식을 죽이는 것도 서슴지 않고 행하는 사람이지……. 그를 더 이상 살려두면 이 세상은 언젠간 멸망한다……. 그러니까 네가……."

말하는 도중 적기욱이 피를 토했다.

"더 이상 말하지 마! 상태가 더 악화되잖아!"

"아니… 이것만은 말해야겠어……."

적기욱은 간신히 남은 힘을 끌어모으는 듯, 백태진의 **뺨**을 어루만지며 말했다.

대면 251

"넌 그독했던 나의 유일한… 친구이다."

"기욱… 그래, 친구다."

"내 곳까지… 잘 살아남기를 바란다……."

적기욱은 결국 그 말을 남기고서 제 명을 다해 버린 듯, 손을 떨구었다.

"기욱… 안 돼… 안 돼……!"

십 층에 백태진의 절규가 진동하며 울렸다.

* * *

"……."

한동안 백태진은 미동조차 없는 적기욱의 앞에 앉아 멍한 얼굴로 적기욱을 바라보고만 있었다.

모두들 그런 백태진을 향해 뭐라고 말해야 할지 모르는 듯, 전부 아무 말도 없었다.

그렇지 않아도 무거웠던 공기가 이제는 말할 수도 없을 정도로 무거워진 것만 같았다.

그런 분위기 속에서 백태진에게 말을 건 사람은 적마검이었다.

이곳에서 자신이 가장 나이가 많았다. 이 상황 속에서 자신이 무슨 말이라도 하지 않는다면 이 무리는 더 이상 버틸 수 없다는 것을 알고 있었다.

"그 녀석은 죽었다."

"……."

적마검은 백태진에게 적기욱의 죽음을 받아들이라고 간접적으로 말하고 있었다.

적마검의 말에 백태진은 아무 반응도 없었다.

그러자 적마검은 분노한 듯 백태진의 멱살을 잡으며 말했다.

"넌 아직 해야 할 일이 있을 것이다! 언제까지 그렇게 있을 셈이냐!"

"……."

"네 친구가 네가 이러라고 대신 죽은 줄 아느냐!"

"……."

"나약한 녀석……."

적마검은 계속해서 아무 말도 없는 백태진의 멱살을 놓고서는 화가 난 듯 앞으로 걸어갔다.

"적마검, 어디를 가는 겁니까."

연나련이 앞서 걸어가는 적마검을 향해 말했다.

"백태진 저 녀석은 더 이상 싸울 수 없습니다. 저 녀석이 싸울 수 없다면 저라도 싸우는 수밖에 없지 않습니까."

"당신 혼자서 적무태를 이길 수 있을 거라고 생각하는 겁니까?"

"그럼 어떻게 하란 말입니까. 유일한 희망이라고 생각했던 녀석이 저런 꼴이 되어버렸는데, 저라도 싸우지 않는다면 누가 싸운다는 겁니까."

"……."

연나련은 백태진과 적마검, 둘 중에 누구에게 먼저 다가가야 할지 결정하기가 혼란스러웠다.

적마검을 이대로 혼자 보내다가는 그저 개죽음을 맞을 거라는 것을 알면서 혼자 보낼 수는 없었다.

백태진 또한 정신적인 충격이 너무나도 컸다. 자신 때문에 친한 친구가 죽었으니까. 백태진의 정신을 먼저 차리게 할 필요도 있었다.

그때, 남궁설린이 백태진에게 다가가는 것을 본 연나련은 자신이 적마검을 말리기로 결정했다.

한편, 백태진에게 다가간 남궁설린은 백태진의 앞에 앉아 조심스럽게 말을 걸었다.

"가가……."

"……."

"지금 가가께서 힘드신 것은 압니다. 하지만 가가께서 이러고 계시면 안 됩니다……. 가가는 이 전쟁을 종결시킬 수 있는 유일한 존재입니다. 그런데 가가께서 이러시면… 전쟁은 누가 막습니까. 적무태는 누가 물리칩니까."

"…적무태."

남궁설린이 적무태라는 말을 하자, 백태진은 그 이름에 동조하듯 이름을 중얼거리며 자리에서 일어났다.

그는 본능적으로 자신이 싸워야 할 사람이 누구인지 알고 있는 듯 앞으로 걸어 나갔다.

자리에서는 일어났지만, 남궁설린은 백태진의 의식이 아직 제정신으로 돌아오지 않았음을 알 수 있었다.

"가가……!"

남궁설린은 백태진을 따라가 그를 붙잡았다. 그리고 흐느끼며 말했다.

"괜찮아요… 이제 힘들면 싸우지 않아도 괜찮아요……. 죄송해요, 가가에게 모든 것을 맡겨서는 안 되는 것인데……. 모든 짐을 가가가 짊어지게 해서는 안 되는 것인데……."

"……."

더 이상 백태진이 괴로워하는 모습을 지켜볼 수 없었던 남궁설린은 백태진에게 본심을 말했다.

전쟁을 막는 것보다 백태진이 힘들어하는 모습을 지켜보는 것이 더 싫었다.

하지만 백태진은 남궁설린의 손을 말없이 자신의 몸에서

떼어내더니 다시 앞으로 걸어갔다.

　남궁설린은 다시 백태진을 붙잡을 수 없었다.

　"……."

　적마검과 연나련은 자신들의 옆을 지나가는 백태진을 말없이 지켜보았다.

　그렇게 사람들은 백태진의 뒤를 따라갈 수밖에 없었다. 그리고 이윽고 한 문 앞에 도착했다.

　문 앞에만 섰을 뿐인데, 이 층을 가득 메우고 있는 무거운 공기의 근원지가 이 방이라는 것을 본능적으로 느낄 수가 있었다.

　백태진은 그 문을 망설임 없이 손으로 열었다.

　그러자 방 안에는 마치 백태진 일행을 기다리고 있었다는 듯이 의자에 앉아 있는 한 인물이 있었다.

　"네가 적무태인가."

　백태진이 처음으로 의자에 앉은 인물을 향해 말을 했다.

　하지만 의자에 앉은 인물은 적무태가 아니었다. 백태진은 적무태의 나이가 적어도 백태상과 비슷할 것이라고 생각했다.

　그런데 눈앞의 남자는 그보다 훨씬 어려 보였다.

　중년의 모습을 하고 있었지만, 적어도 노인이라는 느낌

은 아니었다.
"넌 적무태가 아니군."
"그래, 너희들이 그토록 찾아다니는 림주께선 이곳에 없다."
"…적무태는 어디에 있나."
"말해줄 수 없는 것이 당연하다."
"…그렇다면 대답은 하나뿐이다. 힘으로라도 알아내겠다."
백태진은 그렇게 말하면서 검을 뽑았다.
"잠깐 기다려라."
당장에라도 달려들 듯한 백태진을 적마검이 멈춰 세웠다.
"왜 말리십니까. 적무태가 도망가고 있을 지도 모릅니다. 한시라도 빨리 저 녀석의 입에서 적무태의 위치를 알아내야 합니다."
"기다려라, 저자도 보통 녀석이 아니라는 것은 너도 알고 있지 않느냐. 섣불리 다가가면 죽을 것이다."
"그럼 어떻게 하자는 말씀이십니까."
"…적무태 말고도 이렇게나 불길한 사기를 내뿜는 자가 있다는 말은 들어보지 못했다. 너는 적기욱에게 뭔가를 들은 것이 없느냐?"

"……."

적마겸의 말에 백태진은 잠시 생각에 잠겼다. 그리고 곧 적기욱에게 들었던 한 인물이 떠올랐다.

"한 명 있습니다. 마종이란 자입니다."

"…마종."

자리에 앉아 있는 인물은 바로 마종이었다. 하지만 복면을 착용하고 있었을 때는 이렇게나 늙은 모습은 아니었다.

복면을 벗고 전체 얼굴을 드러낸 마종의 모습은 급격하게 늙은 사람의 얼굴 같았다.

"역시… 소림주님과 함께 있었던 모양이군. 하지만 왜 소림주님의 모습이 보이지 않지?"

"……."

"죽은 건가?"

"…그래, 죽었다. 그래서 나는 기욱의 바람을 이루기 위해서 이곳에 왔다. 적무태, 그 녀석을 죽이고 이 전쟁을 막을 것이다."

"…그래, 소림주님의 바람이 림주님의 죽음이라는 것인가."

마종은 그렇게 말하며 쓸쓸한 표정을 지었다. 그리고 자리에서 일어났다.

"나를 이기면 네가 원하는 대답을 들을 수 있을 것이다. 하지만 네 뜻대로 쉽게 져줄 생각은 없다."

"처음부터 나도 그럴 생각이었다!"

결국 백태진은 적마검이 말릴 틈도 없이 마종을 향해 달려들었다.

백태진이 무턱대고 달려들자, 적마검은 연나련을 향해 말했다.

"소교주님! 뒤에서 도와주십시오!"

"알겠어요!"

연나련도 백태진을 따라 마종을 향해 달려들었다.

백태진은 곧바로 검강을 형성했다.

백태진의 검강은 내력과 사기가 적절히 섞인 회색빛을 하고 있었다.

"이걸로 끝내겠다!"

백태진은 순식간에 마종의 앞으로 달려가 마종을 향해 검을 내려쳤다.

하지만 그 순간, 마종의 몸에서 막대한 양의 사기가 방출되었다.

백태진은 그 충격에 결국 마종을 향해 검을 휘두르지 못하고 던져지듯 뒤로 튕겨져 나갔다.

그 여파는 백태진에 비해 한참이나 뒤편에 있던 연나련

에게도 미쳤다.

연나런은 무형의 손을 만들어 날아가지 않도록 자신의 몸을 고정시켰다.

하지만 백태진은 자신의 몸을 고정시킬 수단이 없었다.

"공자님!"

백태진이 튕겨져 나가는 것을 본 연나런은 무형의 손을 만들어 백태진도 고정시켰다.

연나런 덕분에 멀리 튕겨져 나가는 것을 방지한 백태진은 사기가 방출되는 것이 멈추자 다시 한 번 마종을 향해 달려들었다.

"소용없다. 너는 나에게 접근조차 할 수 없을 것이다."

마종은 앞으로 일어날 일을 예언이라도 하듯, 그렇게 말하며 사기를 방출했다.

다시 온돈으로 전해지는 충격에 백태진은 마종에게 다가가는 걸음을 멈추고 두 손으로 자신의 얼굴을 가리며 그 충격에 버틸 수밖에 없었다.

마종이 발산하는 사기는 적기욱이 사용했던 사기 방출과 원리는 같았지만, 적기욱이 방출한 것보다 훨씬 더 사기의 양의 많았고 그 농도도 짙었다.

보통 저렇게 사기를 방출하면 더 이상 몸 안에 남은 사기가 없어야 정상인데 마종이 발산하는 사기의 양은 줄어들 생각이 없는 것만 같았다.

"공자님! 여기에서는 일단 물러서야 합니다!"

"크윽……."

백태진은 연나련의 말을 무시하듯 억지로 앞으로 걸어 나갔다.

마치 단신으로 태풍의 중심을 향해 걸어가는 것만 같은 모습이었다.

"이 정도의 양으로는 내게 접근할 여력이 아직 남아 있다는 것인가. 그렇다면 이건 버틸 수 있을까."

마종은 그렇게 말하면서 지금까지 발산하던 것 보다 사기의 양을 더 늘렸다.

마치 폭발하듯 한꺼번에 늘어난 사기의 양에 백태진의 몸은 뒤로 밀려나기 시작했다.

"꺄악—!"

연나련은 급격하게 늘어난 사기의 양에 더 이상 버틸 수가 없을 것만 같았다.

그런데 자신보다 마종에게 더 접근한 백태진이 버티고 있는 것을 보고서 오기로라도 버텼다.

하지만 백태진을 저 상태로 계속 놔두다가는 몸이 부서질 것처럼 보였다.

'더 이상 다가갈 수가 없다…….'

백태진은 마치 자신의 앞에 거대한 벽이라도 존재하는 것만 같았다.

약간이라도 긴장을 풀었다가는 곧바로 바닥에서 발이 떨어지게 될 것이다.

'무언가 방법이 있을 것이다.'

백태진은 포기하지 않았다. 마종의 사기발산에도 무언가 약점이 있을 것이라고 생각했다.

쉬웅—

백태진의 피부에 무언가 닿았다.

'바람……'

백태진은 마종을 중심으로 강력한 바람이 형성 되고 있다는 것을 알 수 있었다.

자신이 마종에게 접근하지 못하는 것도 짙은 사기가 이유가 될 수도 있지만, 한편으로는 강력한 바람이 백태진의 접근을 막고 있기도 했다.

그때 문득 백태진의 머릿속에 어떤 생각이 떠올랐다.

'눈에는 눈, 이에는 이라고 했다. 같은 바람을 일으킨다면 잠시나마 내게 오는 바람을 막을 수 있지 않을까?'

일명 맞바람 작전이라는 것이었다. 반대쪽에서 바람이 부딪히면 두 개의 힘이 서로의 바람을 상쇄시켜서 결국에는 무로 만든다는 것.

이론적으로는 가능했지만 그것이 백태진의 뜻대로 쉽게 될 것이라고 확신할 수는 없었다.

그래도 백태진이 할 수 있는 일은 이 방법밖에 없었다. 백태진은 곧바로 자신의 작전을 이행했다.

몸은 움직일 수 없지만 검을 쥔 손은 어떻게든 움직일 수가 있었다.

백태진은 거친 폭풍 속에서 마종을 향해 검을 휘둘렀다. 그러자 백태진에게서도 강력한 바람이 형성되기 시작했다.

그리고 백태진이 형성한 검풍은 마종에게서 나오는 바람과 도중에 맞부딪혔다.

두 개의 바람이 맞부딪히자 그 자리의 천장과 바닥이 부서지며 굉장한 소리를 냈다. 그리고 이내 두 개의 힘은 서로를 상쇄시키며 사라졌다.

백태진의 작전이 성공한 것이다.

백태진은 자신의 몸을 압박하던 힘이 사라지자 곧바로 마종을 향해 달려들었다.

"하찮은 일을……."

마종은 다시 한 번 사기를 방출시켰다.

백태진은 그 순간에 맞춰 달리면서 마종을 향해 검을 휘둘렀다.

그러자 마종이 일으킨 바람은 다시 한 번 아까처럼 맞부딪히고서는 사라져 버렸다.

그리고 백태진이 다시 한 번 마종의 바로 앞까지 도달했다.

백태진이 검을 휘두르자 마종은 처음으로 그 자리에서 움직여서 백태진에게서 멀찍이 떨어졌다.

"네게 접근했다."

"……."

백태진이 마종을 향해 말하자, 마종은 피식 웃고서는 천천히 박수를 치며 말했다.

"좋아, 인정하지. 내 사기발산을 깨뜨리다니. 이곳까지 온 것이 운은 아니었나 보군."

"내가 이곳까지 온 것이 운이었는지 아니었는지는 곧바로 알게 될 것이다."

백태진은 그렇게 말하고선 끈질기게 마종을 향해 달려들었다.

"……."

마종도 비로소 자신의 검을 뽑았다. 그리고 백태진과 마찬가지로 검강을 형성했다. 마종의 검강은 새까만 검은색을 띠고 있었다.

백태진과 마종의 검강이 서로 맞부딪히자 한순간 번개가

내리치듯 굉음이 들리며 방 안이 한순간 번쩍였다.

힘과 힘의 충돌, 그리고 그 충돌에서 밀려난 것은 백태진이었다.

뒤로 밀려난 백태진의 얼굴은 상당히 일그러지고 있었다. 설마 힘의 싸움에서 자신이 밀릴 줄은 몰랐기 때문이다.

백태진이 밀려나자, 이번에는 마종이 백태진에게 달려들어 검을 내려쳤다.

마종의 검을 받아낸 백태진의 팔이 벅찬 듯 조금씩 떨렸다.

"그건… 수라귀혼검이 아니군."
"아니, 이건 수라귀혼검이다."
"그건 기욱의 수라귀혼검과는 너무나도 달라. 같은 무공이 이렇게나 다를 수는 없다!"
"당연히 다를 수밖에… 기존의 수라귀혼검과 다르지 않으면 내가 이렇게 될 이유가 없으니까."

백태진은 마종의 말을 이해할 수 없었다. 하지만 그가 자신의 몸에 무슨 짓을 했다는 것은 알 수 있었다.

"도대체 네 몸에 무슨 짓을 한 것이냐!"
"…좋다, 네게 알려주지. 어차피 너는 이 자리에서 죽을 테니까. 수라귀혼검의 창시자인 림주님은 오랜 시간동안 고민했다. 어떻게 하면 수라귀혼검을 한층 더 강하게 만들 수 있는가. 그러다가 도달한 답이 사기를 증폭시키는 것이었지. 수라귀혼검의 원류가 되는 사기를 더 짙게, 더 많이 돈에 내포할 수만 있다면 자연스럽게 수라귀혼검도 더 강해질 것이라 생각했다. 그리고 그 해답은 옳았다."

"억지로 사기를 몸에 주입하면 몸이 버티지를 못할 텐데……."

"그래, 그래서 수많은 실패작이 나왔지. 림주님은 오랜 연구 끝에 인위적으로 사기를 몸에 받아들일 수 있는 방법을 창안했다. 그 방법이란… 귀신을 자신의 몸에 받아들이는 것이다.'

백태진은 마종의 말을 믿을 수 없었다. 그리고 설사 그렇게 할 수 있다고 해도, 그것을 실천한 마종이 미친 사람처럼 보였다.

"세상에 귀신을 몸 안으로 불러들일 수 있는 방법이 어디에 있다는 것이냐."

"강령술을 이용한다면 쉽게 행할 수 있다. 귀신과 한 몸이 되면 살아 있는 몸으로는 도저히 받을 수 없는 막대한 양의 사기를 받아들일 수 있게 되지."

"…그런 짓을 하고도 부작용이 없을 수는 없겠지. 세상에 대가 없이 얻을 수 있는 것은 그 어디에도 없으니까."

"……."

백태진의 말에 마종은 침묵했다.

"잡담이 너무 길어졌군. 어떻게든 너는 이 자리에서 죽게 될 것이다."

"크윽……."

백태진이 서서히 밀리기 시작했다. 마종의 검이 백태진의 머리를 향해 조금씩 다가오고 있었다.

그런데 그때, 어떤 힘이 마종의 목과 몸을 압박했다. 갑자기 숨이 턱 막혀오고 뭔가가 몸을 잡고 있는 듯이 몸을 움직이는 것이 부자연스러워지자, 마종의 시선이 연나련으로 향했다.

"저 여자가 하고 있는 것인가……."

연나련은 마종을 향해 송골송골 땀이 맺힌 얼굴로 손을 내밀며 안간힘을 쓰고 있었다.

마종을 붙잡아두는 일은 평범한 인간을 붙잡아두는 것보다 훨씬 힘이 많이 들었다.

"공자님……! 이 틈에 어서 피하세요!"

연나련은 최소한 백태진이 도망갈 시간만이라도 벌려고 했다.

하지만 마종은 연나련의 의도를 알아차리고서 그 뜻대로 놔두지 않았다.

 "소용없다!"

 마종이 기합 소리와 함께 사기를 발산했다. 그러자 마종을 묶고 있던 무형의 손이 마종의 사기에 모두 사라져 버렸다.

 그와 동시에 백태진과 연나련의 몸이 뒤로 튕겨져 나갔다.

 뒤로 튕겨져 나가는 두 사람을 뒤쪽에 있는 사람들이 간신히 받아냈다.

 "괜찮은가?"

 적마검이 튕겨져 나온 두 사람을 살피며 말했다.

 "…강합니다."

 백태진은 한마디로 자신이 처한 상황을 모두 말해주고 있었다.

 마종은 강했다. 백태진이 이때까지 싸워온 인물 중에서도 으뜸이라고 부를 수 있을 정도로 강했다.

 "그럼 이제 어떻게 할 생각인가."

 "……"

 적마검의 물음에 백태진은 쉽사리 답을 해줄 수 없었다. 이 상황을 타개할 마땅한 방법이 떠오르지 않았기 때문이다.

그때, 연나련이 백태진을 향해 말했다.

"공자님… 잠시 저 남자의 움직임을 막아주실 수 있겠습니까?"

"무슨 생각이 있습니까?"

"마제강권을 저 남자에게 쓰겠습니다. 아무리 강하다지만 마제강권이라면 저 남자에게 타격을 줄 수 있을 겁니다."

"…알겠습니다. 그 방법 말고 다른 것은 생각나지 않군요."

백태진과 연나련은 다시 자세를 잡으며 마종을 향해 섰다.

두 사람 중에서 백태진만이 마종을 향해 먼저 달려들었다.

그리고 마종의 앞으로 접근한 백태진은 마종을 향해 재빠르게 검을 찔러 넣었다.

십형차검으로 마종의 눈을 속이려던 백태진이었지만, 마종은 간단하게 도중에 검으로 막아버렸다.

백태진은 이번에 지룡승천으로 마종의 목을 노렸다. 하지만 그것 또한 마종은 쉽게 피해 버렸다.

"그렇게 큰 기술을 연발해서는 절대로 내게 공격을 성공시킬 수 없다."

대면 269

"시끄럽다!"

백태진은 높게 뛰어오른 상태에서 곧바로 천룡속강의 수법으로 마종의 머리를 향해 검을 내려쳤다.

하지만 마종은 그것마저 쉽게 막아버렸다.

"결국 이렇게 자멸하는 것인가…. 조금은 더 날 재미있게 해줄 수 있을 것 같았는데."

"크……."

백태진은 계속해서 두족일할의 수법으로 먼저 마종의 목을 향해 검을 휘둘렀다. 하지만 백태진이 발목을 노리기도 전에 백타진의 검은 마종에게 막혀 버렸다.

"몇 번이고 공격해도 그 상태로는 소용없다!"

마종은 그렇게 말하면서 동시에 사기를 발산했다. 검풍으로 사기발산에 대항하기 위해서는 검을 휘두를 시간이 있어야 한다.

하지만 마종은 그 시간도 주지 않았다. 백태진과 검을 맞대고서 사기를 발산하니, 백태진은 꼼짝없이 사기에 노출될 수밖에 없었다.

결국 백태진은 땅에 나뒹굴었다.

"……."

마종은 천천히 바닥에 쓰러진 백태진을 향해 걸어갔다. 그러자 백쾌진은 마종을 향해 웃고 있었다.

"…뭐가 그렇게 웃긴 것이냐."
"…우리들의 승리다."
"……?"

백태진이 알 수 없는 말을 하자 마종은 의아한 표정을 지었다. 하지만 궁금증은 길지 않았다. 갑자기 느껴지는 막대한 내력에 그의 시선이 연나련에게 향했다.

그리고 그는 자신의 머리위로 거대한 손이 떨어지는 것을 발견했다.

이미 피하기는 늦은 상황. 거대한 주먹이 마종의 몸을 그대로 강타했다.

"……."
 마제강권의 여파는 강력했다. 순식간에 주변은 연기로 가득 찼고, 바닥에는 거대한 구멍이 뚫렸다. 도저히 마종이 그 공격에 살아남았을 것이라고는 생각할 수 없었다.
 "끝난 건가?"
 적마검의 말에 아무도 대답하지 않았다.
 백태진은 마종의 생사를 확인하기 위해서 연기를 향해 검풍을 날렸다. 그러자 방 안을 가득 메우던 연기는 바람을 타고서 사라져 버렸다.

연기가 사라지자 바닥에 뚫린 거대한 구멍이 더 선명하게 보였다.

"이 아래로 떨어진 것 같군요……. 마제강권을 정통으로 맞았다면, 죽지 않았더라도 무사하지는 못할 것입니다."

백태진의 말에 연나련은 자리에 풀썩 주저앉았다. 방금 전 공격으로 남아 있던 내력을 모두 써버렸다. 이제는 정말로 아무것도 할 수 없었다.

백태진은 천천히 구멍으로 향했다.

"어디에 가는 건가."

"그 녀석의 상태를 확인해야겠습니다. 아직 적무태의 위치를 말해주지 않았으니 죽으면 안 됩니다. 살아 있다면 어떻게든 살려야겠죠."

"…그렇군."

적마검이 백태진의 말을 이해한 듯하자, 백태진은 구멍의 바로 앞까지 다가가 고개만 내밀어 구멍 밑을 내려다보았다.

몇 층까지 구멍이 이어지는지 알 수 없을 정도로 구멍은 깊었다. 다시 한 번 마제강권의 위력을 알 수 있었다.

깊이가 얼마나 되는지는 모르지만 마종의 상태를 확인하기 위해서는 일단 밑으로 내려가야 했기에 백태진은 구멍 밑으로 발을 내디디려고 했다. 그런데 그 순간, 구멍 밑에서부터 뭔가가 번쩍였다.

"……!"

백태진은 본능적으로 구멍에서 몸을 피했다.

그러자 갑자기 밑에서부터 검은 구체가 구멍을 통해 올라와 천장을 뚫고 하늘로 사라져 버렸다.

"방금 저건……."

"…아직 살아 있습니다. 그것도 아주 멀쩡한 상태로……."

"그럴 리가… 제 마제강권에 당하고서도 멀쩡하다니, 그럴 리가 없어요! 아무리 제가 미숙하다고는 하지만 그 공격을 제대로 맞고서 버텨내는 것은 아무리 아버님이라고 해도 불가능한 일이에요!"

"…그래도 눈앞에서 보지 않았습니까."

백태진의 말에 연나련은 더 이상 말할 수 없었다. 방금 전에 올라온 검은 구체는 분명히 검환이었다. 그리고 저렇게 새까만 검환을 쓸 수 있는 사람은 사기를 이용하는 무인뿐. 그리고 그런 사람은 현재 마종밖에 없었다. 검환을 날릴 정도라면 마제강권에 별다른 피해를 입지 않았다는 뜻이었다.

"이제 올라올 것입니다……."

백태진은 그렇게 말하면서 구멍을 향해 언제든지 공격을

날릴 수 있게 자세를 잡았다. 백태진의 모습은 극도로 긴장한 듯 보였다.

그때, 백태진의 발밑에서부터 뭔가가 부서지는 소리가 들리며 그 소리가 점점 커지는 것이 느껴졌다. 백태진은 그 소리를 듣고서 자신이 현재 있는 위치에서 벗어나기 위해서 필사적으로 몸을 날렸다.

백태진이 방금 전에 있던 자리에서 벗어남과 동시에 백태진이 있던 바닥에서 검은 구체가 솟아 올라왔다.

그리고 동시에, 검환과 함께 따라 나온 마종이 백태진을 향해 달려들었다.

마종의 모습이 보이자, 백태진은 순식간에 검강을 만들어 마종의 검에 반격했다.

다시 한 번 마종과 백태진이 대치하는 상황이 만들어졌다.

백태진의 눈앞에 있는 마종의 모습은 마제강권을 맞기 이전과 별 차이가 없어 보였다. 즉, 마종이 입은 피해는 거의 없다고 해도 무방했다.

"그 공격을 맞고서도 아무런 피해가 없다니… 넌 이제 인간이 아니게 된 것인가?"

"인간이 아니라… 멋대로 생각해라."

"크앗―!'

백태진은 한순간 최대의 힘으로 마종의 검을 걷어내고서 보법을 밟으며 마종의 주변을 이리저리 움직이기 시작했다.

 힘으로는 자신이 밀렸다. 그러면 자신에게 남아 있는 수단은 속도뿐이었다.

 보법을 밟으며 움직이는 백태진의 속도가 너무 빨라, 그의 환영까지 생길 정도였다.

 "아직도 모르는 건가… 아무리 그렇게 달려봤자 내 공격을 피할 수는 없다."

 마종은 그렇게 말하고선 사기를 발산했다. 백태진은 전방위가 모두 공격범위인 사기발산의 손아귀에서 벗어날 수 없었다.

 백태진도 검풍으로 사기에 대항했지만, 속도에 모든 신경을 전념하고 있었던 탓에 제대로 된 위력의 검풍이 나오지 않았다.

 결국 백태진의 움직임은 사기발산에 의해 멈추었다.

 "그곳이냐!"

 백태진의 움직임이 멈추자, 마종은 백태진을 향해 검환을 발사했다.

 이미 피하기는 늦은 상황에서 백태진은 어떻게든 되라는 식으로 검환을 향해 검을 휘둘렀다.

그 결과 검환은 상쇄시킬 수 있었지만 백태진은 충격으로 뒤로 넘어졌다. 그리고 들고 있던 검이 뒤로 날아가 바닥에 꽂혔다.

검까지 잃은 상황. 백태진은 완전히 무방비 상태였다. 마종은 그 기회를 놓치지 않고서 백태진을 향해 마지막 일격을 날렸다.

거대한 검은 구체가 백태진의 목숨을 앗아가기 위해서 맹렬하게 날아오고 있었다.

"…끝났다."

백태진은 피할 수도, 막을 수도 없는 상황에 거의 자포자기식으로 자신의 팔로 얼굴을 가렸다.

그런데 그때, 또 다른 검환이 마종의 검환을 향해 날아와 백태진에게 향하던 마종의 검환의 궤도를 바꿔 버렸다.

"누구냐!"

백태진을 제외하면 아무도 검환을 날릴 정도의 내력이 남아 있지 않았다. 마종은 또 다른 검환이 날아온 방향으로 시선을 돌렸다. 그러자 그곳에는 죽은 줄로만 알았던 적기욱이 서 있었다.

"…당신은."

적기욱을 보자 마종의 움직임이 한순간 멈췄다.

"죽었다고 들었는데… 멀쩡히 살아 계셨었군요, 소림

주님."

"……."

적기욱은 말없이 마종을 향해 검을 향하고 있었다. 그런 적기욱을 백태진은 귀신이라도 보는 듯이 쳐다보았다.

"기욱… 정말로 기욱인가?"

"그래, 귀신이라거나 그런 것이 아니야. 정말로 나다. 네 친구, 적기욱이다."

"어떻게 살아 있… 분명히 죽은 것을 확인했었는데……."

"죽은 것이 아니었어. 거의 가사 상태이기는 했지만 완전히 죽지는 않았지. 나는 계속해서 네게서 받아들인 사기와 싸웠다. 그리고 결국 사기를 제어하는데 성공했지."

"……."

적기욱이 정말로 살아 있다는 것을 확인한 백태진은 살짝 눈물이 맺혔다. 자신 때문에 적기욱이 죽었다는 죄책감에서 드디어 해방될 수 있었던 것이다.

"살아 있어서 정말 다행이야… 정말로……."

"뭐야, 설마 지금 우는 거야? 내 친구 백태진이 울보인 줄은 몰랐군."

적기욱이 장난 식으로 말하자 백태진은 조금 맺힌 눈물을 닦아내고서는 자신의 뒤편에 꽂힌 검을 향해 다가갔다.

싸움의 끝

그리고 검을 뽑고서는 적기욱을 향해 말했다.

"네가 와주니 천군만마를 얻은 것만 같다. 이 싸움, 승산이 있어."

"좋아, 나도 네게서 얻은 막대한 사기를 지금부터 시험해 보고 싶었으니까. 마음껏 날뛰어주지. 그런데 이곳에 적무태는 없는 것 같군."

적기욱이 마종을 보며 말했다. 마종은 여전히 말없이 적기욱을 응시하고 있었다.

"적무태는 어디에 있나, 마종. 그리고 그 모습은 도대체… 항상 복면을 쓰고 있었지만 네가 그렇게까지 늙은 사람인 줄은 몰랐는데?"

"적무태는 이곳에 없다. 적무태가 있는 곳을 저 인물이 알고 있어. 그리고 저자의 모습이 늙어 보이는 것은 아마도 자신의 몸에 귀신을 받아들였기 때문일 거다."

"귀신을……? 그게 무슨 말이지?"

"저 마종이란 자는 더 많은 사기를 자신의 몸에 받아들이기 위해서 강령술로 귀신을 자신의 몸에 빙의시켰다고 하더군. 그리고 그 결과가 저 모습이겠지."

백태진의 말에 마종을 바라보는 적기욱의 표정이 싸늘하게 변했다.

"…적무태가 네게 그렇게 하라고 시키던가, 마종."

"…제 의지로 받아들였을 뿐입니다."

"적무태의 실험체로 놀아난 것을 자신의 의지대로 했다고 말하다니… 실망이군. 넌 그래도 꽤 괜찮은 남자라고 생각했었다. 이런 식으로 대면하기 전까지는……."

"…무인의 싸움에 말은 필요 없습니다."

"…알겠다."

적기욱의 검끝에 사기가 집중되기 시작했다. 적기욱의 검에 모이는 사기의 색깔은 어느새 검은빛을 띠고 있었다. 보라색에서 검은색이 되었다는 것은 적기욱의 사기가 더욱 짙은 농도를 띠게 되었다는 것을 의미했다.

"귀신을 받아들이지 않고서 그 색을 만들어낼 수 있게 될 줄이야……. 역시 소림주님의 재능은 무시무시하군……."

적기욱을 보고서 마종 또한 검끝에 검환을 만들기 시작했다.

어느 정도 사기가 모이자 적기욱이 백태진을 향해 말했다.

"태진, 준비되었나?"

"그래, 나는 언제든지 달려들 준비가 되었다."

"좋아. 그럼 간다!"

적기욱이 마종을 향해 검환을 쏘았다. 그와 동시에 마종도 적기욱의 검환을 향해 검환을 쏘았다. 두 개의 검환은 서로 맞브딪혀 굉장한 폭음과 연기를 발산하며 상쇄되었다.

"두 사람의 생각은 꿰뚫고 있다. 이렇게 시선을 분산시킨 후에 내 뒤에서……."

마종이 자신의 뒤쪽을 향해 검을 휘둘렀다. 그러자 그곳에는 백태진의 검이 마종을 향해 내려쳐지고 있었다.

"크……."

자신들의 수법을 간파한 마종을 향해 백태진이 인상을 썼다.

"너무 뻔한 수법이군."

"그런가? 하지만 너는 한 가지 사실을 간과하고 있다."

"……?"

"널 공격하는 사람은 나뿐만이 아니라는 것이다!"

"……!"

마종은 자신의 뒤편에서 이쪽으로 달려오는 적기욱을 포착했다.

마종은 진퇴양난에 빠졌다. 적기욱을 상대하려니 백태진을 그대로 놔둘 수가 없었고, 백태진을 상대하자니 적기욱의 검을 피할 수가 없었다.

결국 마종에게 남은 수단은 사기를 발산하는 것밖에 없었다. 사기발산이라면 공격과 수비를 동시에 할 수 있었다.

마종이 사기를 발산하자, 적기욱은 기다렸다는 듯이 동시에 사기를 발산했다. 그러자 두 사기는 서로의 영역을 침범하려는 듯이 맞부딪혔다.
 두 사람의 힘은 거의 호각, 두 사람 모두 밀려나지 않았다.
 적기욱이 자신의 뜻대로 튕겨 나가지 않자, 마종은 적기욱을 향해 달려들었다. 백태진은 뒤로 튕겨져 나갔기 때문에 어서 적기욱을 먼저 처리하려고 하는 것이다.
 마종이 달려들자, 적기욱은 사기를 발산하는 것을 멈추고서 검강을 만들어 마종의 일격을 받아냈다.
 사기발산만으로는 두 사람의 힘이 비슷해 보였지만, 여기에서 차이가 났다.
 단순히 사기를 발산하는 것은 극도의 조절이 필요하지 않기 때문에 적기욱도 쉽게 할 수 있었다.
 하지만 검강은 아무래도 사기의 미세한 조절이 필요했다.
 방금 전 백태진의 사기를 얻은 적기욱은 아직 그 정도로 사기를 조절할 수는 없었다.
 결국 제대로 된 검강을 형성할 수 없는 적기욱은 마종에게 점점 밀려나기 시작했다.
 "이대로… 끝을 내드리죠, 소림주님."

"그것보다 네 뒤를 조심하는 것이 좋을 텐데, 마종?"
"……!"
그 순간, 마종의 등에서부터 뭔가가 튀어나왔다.
"이건……."
마종은 자신의 등에서 튀어나온 회색빛의 검기를 보고서 이것의 주인이 누구인지를 알 수 있었다.
마종이 뒤편을 돌아보자 백태진이 마종을 향해 검을 들고 있었다. 그리고 그 검에서부터 나온 검기가 마종의 등을 꿰뚫고 있었던 것이다.
백태진이 자신에게 다가왔다면 마종은 눈치챘을 것이다. 하지만 백태진은 비룡신쟁으로 검기만을 마종에게 향했을 뿐, 자신의 몸을 움직이지는 않았다. 그 때문에 마종이 미처 반응하지도 못한 것이다.
정확하게 가슴이 꿰뚫린 마종은 울컥 피를 토했다. 하지만 더 이상 움직일 수 없을 것 같던 마종은 경의적인 힘으로 적기욱을 검으로 걷어내 튕겨내고서 자신의 몸을 꿰뚫고 있는 백태진의 검기를 향해 검을 내려쳤다.
그러자 마종의 몸을 꿰뚫던 검기는 사라져 버렸다. 검기가 사라지자 마종은 상처 부위를 손으로 잡으며 뒤로 물러났다.
백태진과 적기욱은 마종에게 조금씩 다가갔다. 아까 전

에 백태진이 마종에게 입힌 상처는 별것 아닌 상처가 아니었다. 분명히 치명상이다.

 적기욱과 백태진은 마종을 조금만 압박하면 마종에게서 패배의 선언을 받아낼 수 있을 것이라고 생각했다.

 "마종, 네 패배다. 순순히 패배를 인정하고 적무태가 있는 곳을 말해라."

 "……."

 적기욱의 말에 마종은 아무 대답도 하지 않았다. 그러다가 문득 입가에 미소를 지었다.

 적기욱은 마종이 지은 미소의 의미를 알아차리고서 표정이 굳어져 버렸다.

 "아직 끝나지 않았다……. 내 마지막 일격이 아직 남아 있다!"

 마종은 그렇게 말하면서 검을 위로 향해 들었다. 그러자 마종의 검에 엄청난 사기가 집중되기 시작했다.

 그 모습을 보고서 백태진은 적기욱을 보며 말했다.

 "설마 저것은……."

 "그래… 수라귀혼검의 최대 비기, 사혼집출이다."

 "……."

 백태진은 적기욱에게서 이미 사혼집출을 당해보았기 때문에 잘 알고 있었다.

그때는 귀령검의 도움 덕분에 손쉽게 사혼집출을 막을 수 있었지만, 분명히 대단한 위력임에 분명했다.
그것을 막대한 사기를 가진 마종이 쓴다면 어떤 위력을 보일지 상상조차 할 수 없었다.
적기욱은 결국 할 수 없이 자신도 사혼집출로 맞받아치기 위해서 검에 사기를 집중시키기 시작했다.
"기욱, 맞받아칠 수 있겠나?"
"아마 네가 밀릴 거다. 네 힘도 가세하는 수밖에 없어!"
"알겠다……."
백태진은 그렇게 말하면서 자신의 검에 내력을 집중시키기 시작했다.
"어떻게 할 셈이지?"
"…검 전체에 내력을 집중시켜서 검기를 발산할 거다."
"그것이 가능해?"
"검환의 원리를 이용하면 충분히 가능해. 검환은 검끝에 내력을 집중시켜서 내력을 쏘아 보내는 것이다. 그러니 검면에 내력을 집중시켜서 확장된 범위로 내력을 쏘아 보내는 것도 가능할 것이다."
"…해본 적은 있나?"
"아니, 이번이 처음으로 시도하는 것이다."
백태진의 말에 적기욱은 피식 웃어버렸다.

"역시 너는 무모한 짓을 많이 하는군."

"그게 나라면 어쩔 수 없지. 그래서 그런 내가 싫은가?"

"아니, 오히려 그 반대다. 너는 언제나 나를 흥분하게 해. 좋아, 마종의 사혼집출을 우리 둘의 힘으로 이겨내 보자!"

적기욱은 그렇게 말하고서 한계까지 사기를 검에 집중시켰다. 그러자 적기욱의 검은 부서질 듯이 요동치기 시작했다.

"…이제 준비는 끝났다."

마종의 검의 떨림이 한순간 멈췄다. 그러자 마종은 두 사람을 향해 검을 휘둘렀다. 마종이 검을 휘두름과 동시에 검이 부서지면서 엄청난 수의 사령이 쏟아졌다.

그리고 그 사령 중에 유난히 거대한 사령이 있었는데, 그것이 바로 마종의 몸안에 있던 귀신의 정체였다.

ㅡ끼끼끼끼끼끼끼끼!

사령들은 기괴한 소리를 내며 백태진과 적기욱을 향해 달려들었다.

그 사령들에 대항하기 위해, 적기욱이 먼저 검을 휘둘렀다. 적기욱이 검을 휘두름과 동시에 마종과 똑같이 검이 부서지며 사령들이 쏟아져 나갔다.

사령과 사령이 맞부딪혔다. 하지만 적기욱이 내보낸 사령의 수가 마종이 내보낸 수보다 현저하게 적었다.

결국 차이가 벌어진 것은 순식간이었다.

"아직 끝나지 않았다!"

검에 계속해서 내력을 주입시키던 백태진은 자신들이 밀리는 듯하자 그쪽을 향해 검을 휘둘렀다.

그러자 반달 모양의 검기가 마종의 사령들을 향해 쏘아졌다.

백태진이 쏜 반달 모양의 검기는 마종의 거대한 사령을 베어버리고 마종의 오른팔을 절단시켰다.

"이런… 이럴 수가……."

마종은 믿기지 않는 듯이 두 눈을 부릅뜨며 자리에 쓰러졌다.

"…끝난 건가."

"그래, 이번에야말로 끝났겠지."

두 사람은 이번에야말로 싸움이 끝났다는 것을 서로에게 물으며 확인했다.

마종이 움직임이 없자, 두 사람에게로 사람들이 달려왔다.

모두들 백태진과 적기욱의 상태를 살폈다. 두 사람의 상태가 그렇게 좋다고는 할 수 없었지만, 두 사람은 자리에서 일어났다.

그리고 마종에게 다가갔다. 다행히 마종은 아직 숨이 붙어 있었다.

 백태진은 당장에라도 의식을 잃을 것만 같은 마종을 향해 말했다.

 "우리의 승리다. 어서 적무태가 있는 곳을 말해."

 "……."

 두 눈을 감고 있었던 마종은 백태진의 목소리에 눈을 떴다. 그리고 처참한 자신의 몰골에 헛웃음을 지었다.

 "그래… 너희가 이겼군. 하지만 안타깝군. 나도 림주님이 있는 곳은 모른다."

 "거짓말은 하지 마라!"

 "거짓말이 아니다. 소교주님이라면 이미 알고 계셨을 텐데. 그분은 누군가에게 자신이 갈 곳을 떠벌리는 사람이 아니라는 것을."

 마종의 말에 백태진이 적기욱을 쳐다보자, 적기욱은 마종의 멱살을 잡고서 쏘아붙였다.

 "적무태의 측근이었던 너라면 알고 있을 것이다!"

 "…아직 그분에 대해서 잘 모르시는군."

 "……."

 적기욱은 마종의 멱살을 풀었다.

 "이자의 말이 맞아… 마종은 정말로 적무태가 있는 곳을 모른다."

"크윽… 젠장! 그렇다면 지금까지의 일이 전부 헛수고라는 말인가! 전쟁은 막을 수 없다는 거야!"

백태진은 분한 마음에 땅을 내려쳤지만, 그렇다고 상황이 달라질 수는 없었다.

마종은 그런 두 사람을 보며 다시 입을 열었다.

"그 대신이라고는 할 수 없겠지만, 내가 알고 있는 사실을 하나 말해주지."

마종이 입을 열자, 모두의 시선이 마종을 향했다.

"그분은 모든 것이 비밀에 싸인 분이다. 측근인 나조차도 그분에 대해서 조사하는 것은 힘든 일이지. 하지만 내가 오랜 시간 동안 그분의 곁에 있으면서 알아낸 사실이 있다."

"그게 뭐지?"

"…너희들은 이곳이 파림의 본거지라고 생각하고 이곳에 왔겠지."

"…그 말은 무슨 의미지? 이곳이 파림의 본거지가 아니라는 소리인가?"

"그렇다. 진정한 의미로는 이곳이 본거지라고 할 수 없지."

마종의 말에 적기욱이 말도 안 된다는 듯이 말했다.

"나는 태어나서 이곳에서 자랐다. 그런데 이곳이 본거지가 아니라고? 우리들을 속일 생각은 하지 마라!"

"…나는 진정한 의미로 이곳이 본거지가 아니라고 말했다. 겉으로 보기에는 이곳이 본거지라고 말할 수도 있겠지."

"…진정한 의미?"

"파림의 최강 전력이라고 부를 수 있는 무장단체가 길러지는 곳이 따로 존재한다."

"……!"

마종의 말에 사람들은 한순간 얼어붙었다.

"파림의 최강 전력이라니… 좀 더 자세히 말해라!"

갑자기 마종이 백태진 일행이 몰랐던 것을 얘기했다. 그것이 진실이든 거짓이든, 백태진은 일단은 들을 필요가 있었다.

"너희들의 생각대로 나는 림주님의 실험체였다. 몸 안에 귀신을 넣는다니… 미치지 않고서야 할 수 없는 짓이지. 당연히 그에 따른 부작용이 나타날 것이다. 그래서 림주님은 그 방법을 시행하기 전에 나를 먼저 실험체로 썼다. 그 결과, 강력한 힘을 얻을 수는 있었지만 몸이 노화된다는 부작용이 생겨났지. 내 나이는 서른 살이지만 이미 육체적인 나이는 육십을 훨씬 넘겼다."

"…완전히 미친 짓이군."

"그래, 하지만 림주님은 그 미친 짓을 통해서 염라귀혼검(閻羅鬼훈劍)을 완성시키셨다. 부작용도 없이 막대한 힘을 얻을 수 있게 되었다는 것이다."

"그런 일이 가능할 리가……."

백태진은 마종의 말을 믿을 수 없었다. 하지만 마종의 얼굴이나 말투를 보아서는 거짓말을 하는 것 같지는 않았다.

"림주님은 지금쯤 염라귀혼검을 전수하고 계실 거다. 염라귀혼검을 통해 최강의 부대인 염라대를 만들고 계시는 거지."

"염라대……."

마종 하나를 상대하는 것도 벅찼다. 그런데 마종과 같은 사람을 몇 명이나 상대한다면 이번에도 이길 수 있다고 보장할 수는 없었다.

이번에도 순전히 운이 좋았기 때문에 승리할 수 있었다고 말해도 틀리지 않았다.

"점점 상황이 복잡해지는군. 전쟁을 막을 방법은 생각도 나지 않는데 강력한 적이 또 나타나다니."

적마검의 말은 이 상황을 완벽하게 드러내 주고 있었다.

적무태를 놓친 이상, 전쟁을 막을 유일한 방법은 사라졌다고 해도 무방했다.

"더 이상 전쟁은 막을 수 없다는 것인가……."

백태진은 안타까운 듯이 중얼거렸다. 백태진의 그 모습

을 본 적기욱은 무언가를 다짐했다는 듯이 말했다.

"…태진, 내게 좋은 방법이 있다."

"좋은 방법?"

"네가 생각한 전쟁을 막을 방법이라는 것은 적무태에게 이 전쟁을 조장한 것이 자신이라고 사람들의 앞에서 말하게 하려고 했던 것이겠지?"

"그래… 하지만 중요한 적무태가 없는 이상 시도조차 할 수 없게 되었지."

"적무태 대신 나를 써라."

예상치 못한 적기욱의 말에 백태진은 깜짝 놀란 듯했다.

"그게 무슨 말인가, 기욱!"

"나도 파림의 소림주의 위치에 있다. 적무태 대신 내가 이번 사건의 진상을 모두 얘기해도 어느 정도 효과가 있을 것이다."

"효과가 있다고 해도 그건 너무 위험해! 그렇게 한다면 너는 정파와 마교에게 공격을 가한 무림의 공적이 된다. 그럼 분노한 사람들이 너에게 어떤 짓을 할지 몰라! 어쩌면 모두의 앞에서 죽임을 당할 수도 있다."

백태진의 말에 적기욱은 체념한 듯 말했다.

"이미 내 목숨은 너에 의해서 살아나게 된 것이다. 내 목숨을 전쟁을 막기 위해 쓴다면 난 기쁘게 죽을 수 있어."

"…기욱."

백태진은 적기욱의 각오를 듣고서 그러지 말라고 말할 수 없었다. 자신의 사적인 감정으로 그렇게 말한다면 수많은 목숨을 포기하는 것과 마찬가지였다.

백태진은 다른 수많은 목숨과 적기욱의 목숨을 바꿀 수 없었다.

다른 사람들도 적기욱의 각오를 듣고서 모두 말없이 그저 적기욱을 바라볼 뿐이었다.

"마종, 네게 한 가지 묻고 싶은 것이 있다."

그때, 적기욱이 다 쓰러져 가는 마종을 향해 말했다.

"너는 적구태의 충성스런 부하다. 난 절대로 네가 적무태에 대해서 입을 열지 않을 것이라 생각했지. 그런데 너는 우리가 묻지도 않은 적무태의 비밀에 대해서 말해주었다."

"……."

"어째서 말했나, 우리에게 비밀을 말하지 않는 것이 적무태를 위함이 아닌가?"

적기욱의 말에 마종은 아무 말도 하지 않았다.

"대답해라, 마종."

"그건 내가 너의……."

"……?"

마종이 중간에 말을 멈추자, 적기욱은 의아한 표정을 지었다.

"됐다……. 말하지 않을 것이다."

"대답해라, 도대체 또 무엇을 숨기고 있는 거지?"

"…이건 말해도 네게 이득이 되는 것은 아무것도 없다."

"……."

적기욱은 백태진에게서 검을 빼앗아 들어 마종에게 향했다.

"대답해라, 안 그러면 지금 즉시 너의 목숨을 거두겠다."

"…그래, 나를 베어라. 그리고 너는 살아남아라. 그리고 앞으로도 적무태를 피해 살아남아라!"

"…어째서 네가 나보고 살아남으라는 것이냐."

"……."

"어서 대답해!"

적기욱이 마종의 옷깃을 잡고서 흔들며 소리쳤다. 백태진은 그런 적기욱의 어깨를 잡고서는 말했다.

"이미 죽었다. 피를 너무 많이 흘렸어."

"……."

적기욱은 잡고 있던 마종의 옷깃을 놓았다. 적기욱의 눈가에는 어느새 눈물이 맺혀 있었다.

"기욱… 눈물을……."

"눈물… 어째서 내가 눈물을 흘리는 거지? 적무태의 측근이 죽었으면 기뻐해야 할 것을…….”

적기욱의 눈물은 계속해서 흘러내렸다.

“미안하… 눈물을 멈출 수가 없어……. 나도 내가 왜 이러는지 모르겠지만, 눈물이 계속 흘러내려.”

마종의 죽음. 적기욱은 그 앞에서 이유도 모른 채 본능적으로 눈물을 흘리고 있었다. 마치 가족의 죽음을 눈앞에서 본 것만 같이.

『절대귀환』6권에 계속…

이제부터 전자책은
이젠북

www.ezenbook.co.kr

새로운 세계가 열린다!

서현『조동길』 남운『개방학사』 백연『생사결』
목정균『비뢰도』 좌백『천마군림』 수담옥『자객전서』
용대운『천마부』 설봉『도검무안』 임준욱『붉은 해일』
진산『하분, 용의 나라』 천중화『그레이트 원』

이름만 들어도 황홀할 정도의 별들의 향연!

이들의 "유료연재"가 시작됩니다!

무정철협

월인 新무협 판타지 소설

FANTASTIC ORIENTAL HEROES

「두령」, 「사마쌍협」, 「장홍관일」의 작가 월인
2013년 벽두를 여는 신무협이 온다!

삭초제근(削草制根)!
일단 손을 쓰면 **뿌리까지** 뽑아버렸다.

무정(無情)!
검을 들면 더 이상 정을 논하지 않았다.

그래서 나는 무정철협이 되었다.

진정한 협(俠)을 아는가!
여기 철혈의 사내 이한성이 있다!

「무정철협」

Book Publishing CHUNGEORAM

 유행이 아닌 자유추구 -
WWW.chungeoram.com

도魔서존

촌부 新무협 판타지 소설
FANTASTIC ORIENTAL HEROES

천애협로

『우화등선』,『화공도담』의 뒤를 잇는
작가 촌부의 또 하나의 도가 무협!

무림맹주(武林盟主), 아미파(峨嵋派) 장문인(掌門人),
군문제일검(軍門第一劍), 남궁세가(南宮勢家)의 안주인.

그들을 키워낸 어머니-
진무신모(眞武神母) 유월향(柳月香)!

어느 날, 그녀가 실종되는데…….

"하, 할머니는 누구세요?"

무한삼진의 고아, 소량(少兩)에게 찾아온 기이한 인연.

세상과 함께 호흡을 나눌 수 있다면[天地同息]
천하의 이치를 모두 얻으리래[天下之理得]!

이제, 천하제일인과 그녀가 길러낸
마지막 자손의 이야기가 펼쳐진다!

Book Publishing CHUNGEORAM
WWW.chungeoram.com

조돈형 新무협 판타지 소설

『궁귀검신』, 『마도십병』, 『운룡쟁천』의
작가 **조돈형**
그가 장강의 사나이들과 함께 돌아왔다!

굽이쳐 흐르는 거대한 장강의 흐름 속에서
선혈처럼 피어나 유성처럼 지는 사내들의 향취!

장강삼협(長江三峽)!

하늘 아래 누구보다 올곧았던 아버지의 시신을 이끌고
고향으로 돌아온 유대웅을 기다리고 있던 것은
천오백 년의 시공을 뛰어넘은 패왕(霸王)의 무(武)와 검(劍)!

패왕칠검(霸王七劍)과 팔뢰진천(八雷振天)의 무위 아래
천하제일검(天下第一劍)으로 우뚝 설 한 소년의 일대기!

**장강의 수류는 대륙을 가로질러
이윽고 역사가 된다!**

Book Publishing CHUNGEORAM
www.chungeoram.com

FUSION FANTASTIC STORY

천중화 장편 소설

세계 유일의 남자

**역사를 목격한 적이 있는가.
지금, 세상을 뒤엎을 사내가 온다!**

스포츠 만능에, 수많은 여인의 애정까지…
골프계를 뒤흔드는 골프 황제 김완!

그런데 이 남자의 향기가 심상치 않다.

할머니의 비밀과 부모의 죽음.
그에게 전해진 사건들이 이 남자를 뒤흔들고,
이제 그의 행보가 세상을 움직인다!

『세계 유일의 남자』

**평범한 남자라고 생각했는가?
천만에! 이자는… 세계 유일의 남자다!**

Book Publishing CHUNGEORAM

WWW.chungeoram.com

FUSION FANTASTIC STORY

죽은 자들의 왕

페리도스 퓨전 판타지 소설

공전절후! 쾌감작렬!
청어람이 선보이는 판타지의 신기원!

『죽은 자들의 왕』

대륙 최고의 어쌔신 길드 블랙 클라우드.
어느 날 내려진 섬멸 명령으로 인하여 하루아침에 멸망했다.

그러나……

"오랜만이다, 동생아."

어릴 적 헤어진 동생을 찾아 국경을 넘은 그레이너.
그러나 동생은 죽음의 위기를 겪고,
이제 동생의 모습으로 새로 태어난 그레이너가
모든 음모를 파헤치며 나아간다.

사라졌다 여겨진 전설이 끝나지 않고,
이제 대륙을 뒤흔드는 폭풍이 되리라!

Book Publishing CHUNGEORAM

www.chungeoram.com

인기영 장편 소설

현대 강림 마스터

FUSION FANTASTIC STORY

타고난 이야기꾼, 작가 인기영!
「현대 귀환 마법사」의 뒤를 잇는 새로운 현대물로 돌아오다!

한평생 빙의로 고생해 온 설유하.
그 빙의가 그의 인생역전을 이뤄줄 줄이야!

귀신을 다루는 사령술!
동물을 움직이는 조련술!
마검왕에게 사사한 검과 마법!

이계에서 찾아온 세 영웅의 영혼과의 만남.
그들이 전해준 힘으로
역사에 없던 '마스터'가 현대에 강림하다!

주목하라!
나 설유하, 마스터가 바로 여기에 있다!

Book Publishing CHUNGEORAM

동행이 하나 되는 우구
WWW.chungeoram.com

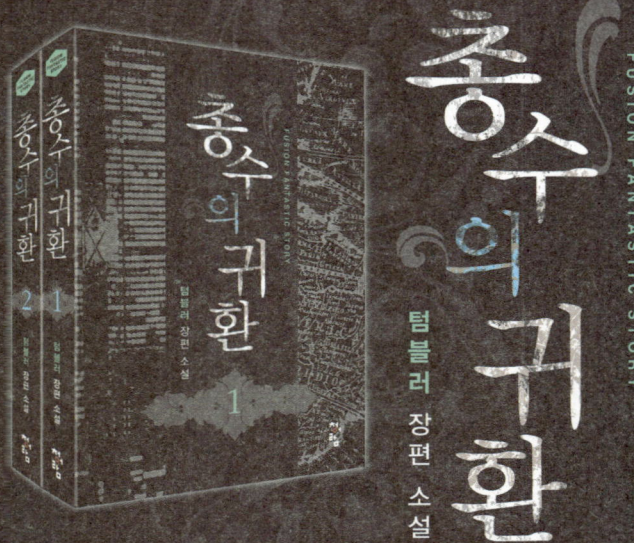